花床午歇

Banana Yoshimoto

花のベッドでひるねして

[日] 吉本芭娜娜　著
[日] 大野舞　绘
岳远坤　译

上海译文出版社

图字：09－2015－341号

图书在版编目（CIP）数据

花床午歇/（日）吉本芭娜娜著；（日）大野舞绘；岳远坤译.—上海：上海译文出版社，2022.10

ISBN 978－7－5327－9159－0

Ⅰ.①花… Ⅱ.①吉… ②大… ③岳… Ⅲ.①中篇小说—日本—现代 Ⅳ.①I313.45

中国版本图书馆CIP数据核字（2022）第182580号

花床午歇

［日］吉本芭娜娜／著 ［日］火野舞／绘 岳远坤／译
责任编辑／姚东敏 装帧设计／汐和 at compus studio

上海译文出版社有限公司出版、发行
网址：www.yiwen.com.cn
201101 上海市闵行区号景路159弄B座
上海雅昌艺术印刷有限公司印刷

开本 787×1092 1/32 印张 5.5 插页 6 字数 54,000
2022年12月第1版 2022年12月第1次印刷
印数：0,001—6,000册

ISBN 978－7－5327－9159－0/I·5694
定价：48.00元

目次 — contents

花床午歇

你的想法中有希望之光，没有一点阴霾……即便只有一条路，即便看似虚无缥缈，但只要有想法，那就一定是一条能够行得通的路。

——《JOJO的奇妙冒险》第六部　石之海

据说我是妈妈捡回来的一个弃婴。当时我被裙带菜裹着。裙带菜层层叠叠，就像一张床，上面放着一张色彩鲜艳的毛毯。我孤零零地躺在上面。

也许是因为这个原因，我明明什么都不记得，可只要一站在初春的大海边，就会莫名地感到一种乡愁。

我似乎隐隐约约地记起那时的事：有些美妙的事物看着我，慈眉善目；又有些可怕的东西虎视眈眈，要危及我的生命。

然后，一种被弹性柔软的东西包裹的感觉逐渐复苏。（那或许真的存在于记忆深处的裙带菜的触感。因为这个缘故，我有一些习惯。比如，每次吃裙带菜的时候我都会双手合十，小声道谢。在非常非常孤寂的夜晚，会握着晒干的裙带菜入睡。当裙带菜吸取湿气膨胀开来，散发出海潮的味道，我睁开眼睛的时候，心情也就立马恢复如初。仿佛裙带菜吸走了我的痛苦。）

微冷的春风时而轻柔时而剧烈地吹过沙滩，各种树木长出嫩绿的新叶，坚硬的地面上也长出各种小草。这种时候，我站在海边，抬头看着那晶莹易碎的蓝天，就感觉自己置身于广阔的天地间，心中充满期待。

能来到这个世界，真好。这种感觉虚无缥缈，辽阔而不着边际。

这种感觉中夹杂着三成悲伤、六成兴奋与一成冷静。打个比方，看着小小的蚂蚁，不知不觉间就开始思考宇宙的构成，就像那时产生的一种独特的感觉。然而，那又是一种复杂的情感，不敢迈步向前，唯恐踩死一只蚂蚁。

婴儿时期的我还未曾体验过人类的悲伤，因此即便被抛弃，必然也没有感到悲伤。

这是我的身世。因此，大平家的人严格来说并不是我的亲人。

对于我来说，他们只是养育我的家人。但是，自从我懂事时开始，他们便低头对我微笑，发自内心地接纳我，爱护我，把我养大，所以我只会以家人的称谓称呼这些人。

“外公、爸爸、妈妈、章夫舅舅。”

他们把我养大，是我亲爱的家人。

外婆当时已经去世，我没有见过她。

包括邻居们都说，外婆性格开朗，原本是大家的开心果，可自从她去世之后，大平家就显得有些阴郁凄凉。而我的出现，又给这个家庭带来了阳光。

因此，我从未抑郁寡欢。大家争相拉我的手，想和我一起出门。

或许，这样的我，其实是一个无法读懂家人内心的大傻瓜。

有时，如此喜兴的我，偶尔也会茫然地这样想：

有一天，某个人觉得我是个什么也不会的婴儿便把我扔掉了，觉得我死掉也没关系。想都不想我会成为一个什么样的人，我长大后会与他进行什么样的温柔对话，便把我扔掉了。

当时我还是一个婴孩，不管我是哭还是笑，都未曾打动那个人的心。

每当我想到这里，都会有一种奇怪的感觉。我确信自己如果继续追究这种情感，会把自己带进一个无可救药的深渊。顿时感到脚跟不稳，眼前一片昏暗。

但是，一旦看到家中的情形，我又不由自主地把自己当成这个家里的一员。在多愁善感的青春期，我尤其要强，为这个家庭付出了很多。不知不觉间，这已经自然而然地成为我人生的一部分，而今则已升华为一种坚若磐石的信仰。

越是感恩，对亲生父母的憎恨之情便变得越淡。

我曾经以为伤痛真的会因此而被疗愈。感觉就像是经历了疼痛，流出了鲜血，历经时日后伤口结痂，然后伤疤被揭开，露出丑陋的模样，慢慢地恢复，生成新的皮肤。

我每年只离开村子几次，出远门旅行，也没有护照。高中毕业之后一直在家里经营的家庭旅馆帮忙，而且觉得自己过得很幸福。

听到别人问起自己的名字，我会毫不犹豫地脱口而出："我叫大平干。"

虽然为我取这个名字的不是我的亲生父母，而是我现在的家人，但毫无疑问，这个世界上，这个名字所代表的就是我。

我是被允许存在的。想到这一点便感到安心，感觉就像大树深深地扎根于土壤。

同时，在内心深处，我也明白，这个世界上还有很多和我拥有相似经历的人，并没有我这么幸运。他们被抛弃后，还没来得及取个名字，便离开了这个世界。

我有幸捡回的这条命，要背负着那些死去的灵魂而活。我的身体是为了那些死去的孩子而动。每天一心一意地活动自己的身体，就是对他们的祭奠。

为了那些痛死、冻死或者饿死的孩子们。

在别的孩子与家人欢笑嬉闹、吵架拌嘴或者呼呼酣睡的时候，这些可怜的孩子被人遗弃，丢了生命。

我想为这些孩子虔诚地祈祷。

我幸运地活了下来，而你们却不幸地死去。但是，我会尽自己的一生，用我身体的一半记住你们，怀念你们。我想对你们说，请你们在天堂安息。

妈妈婚后一直没有怀上孩子，又因癌症早期摘除子宫。据说，一天傍晚，她正在做饭，突然对大家说："啊，我有一种无法抑制的冲动，感觉海边有个孩子正等着我，我得去看看。天那么冷，她却躺在外面。我得赶紧过去。对，反正我要赶过去。"

她这样说着，便跑了出去。

然后，妈妈独自开车朝海边驶去。

从家里到海边大概有十五分钟车程。家里人看到妈妈头也不回地驱车离开，面面相觑，纷纷说："淑子到底还是疯癫了么?”然而，令他们感到意外的是，妈妈回来的时候，颤抖的手臂中抱着我，泪流满面。

自从我记事时起，家里的所有人都异口同声地对我说：当时的气氛是神圣的，充溢着一种灿烂的希望。

他们似乎真的不注重细节，也没有什么隐瞒，单纯地为我的到来感到高兴，无论什么时候都乐意提起那天的事。

这种大大咧咧的神经帮我渡过了难关。

大家就像是说起自己第一次去产院探望婴儿一样，讲起当时的事，讲我在海边被妈妈捡回来的事。于是，我也自然而然地认为“自己来到这个世界上真好”。

家人说他们认为我的到来是上天的恩赐，为此衷心地感到高兴，并立即接纳了我。虽然收养手续费了一些周折，但最后我还是无条件地成了大平家的孩子。大家都自豪地对我说：没想到有这种好事，看来人生真的不能轻言放弃。

他们并不是想安慰我，而是真的把我来的那一天当成了美丽的回忆。他们总是若无其事地说起那天的事。

这让我变得多么谦虚，也无法用语言表达。

每当想起这件事，我就感觉一股清泉从内心深处涌出，荡涤我的全身。

妈妈总是这样对我说：

“对了，传说中不是有个鬼太郎么。他也是这样的。已成亡灵的妈妈养不了他，养父母便把他抱了回来。真是幸福呢。”

那是妖怪啊，没有觉得很幸福啊。我心中疑惑，但妈妈的眼睛却眯成月牙状，一脸高兴的样子，似乎真的觉得很幸福。

到了青春期，有时我忘记带钥匙，又碰巧家人都不在家，偏偏天又下起了雨，而自己又没带伞，身上也没有钱……就像这样，不顺心的事接二连三地发生时，我就会盯着阴云密布的天空，心中泛起愁绪。这种愁绪似乎源自基因，自己根本无法控制。

而且令人吃惊的是，这种愁绪总是在不经意的瞬间形成。

一股黑淤的情感从内心深处涌上来。我是一个被抛弃的人，是别人不需要的。无论我如何拼命地哭或者笑，都未能打动别人的心。我曾经就是这样的人，而且现在和将来肯定也是这样。

有时，这种想法会变得非常强烈，开始在脑海中掀起旋涡而无法自抑。

巴士车站的长凳变得冰冷坚硬，天上阴云密布，湿漉漉的袜子在鞋子中黏成一团，非常难受，感觉似乎再也不会有阳光。

但是，当我闷头在那股黑暗中不能自拔的时候，就会突然出现一束意想不到的光。妈妈看着还是婴儿的我首先展露笑脸，并不因为我是捡来的孩子而无端溺爱，待我如亲生的家人。

很快就会有人回来，说着“你怎么能把钥匙弄丢啊，是你不对啦”，帮我开门。

打开门的印象和黑色的心情一样突然涌现在脑海中，强烈地温暖我的心。

这是我对自己无可奈何之事的祈祷诞生的瞬间。

虽然心情仍不舒畅，却跟着很快回到家里来的妈妈、爸爸、舅舅或者外公一起去附近的商业街配钥匙，然后悠哉游哉地散步回来。无论什么时候，他们都很愿意和我走在一起。有人想触摸自己，是一件多么幸福的事啊。

然后，就到了晚饭时间。吃火锅的时候，大家熟练而有节奏地拿出盘子，取出各种调味料。

茫然地想着这些事，身体就会不由自主地跟着家人活动。我的身体确切地告诉我，他们就是我的家人。这是毋庸置疑的事实。

心情不会好转。即便有光，内心深处的那片黑暗也不会消失。只是，重要的是，我要知道自己的内心深处有这种光影的斑驳。

而且，随着年龄的增长，这种突然的发作也逐渐消失了。

若是外人从旁观的角度审视我的人生，也许会说“好可怜啊”。

但是，正因为上述原因，我在成长过程中从未觉得自己不幸。

而只是觉得“人生如梦”。

所有的一切都是一场翻转的、美好的梦。

唯一可以证明这一切不是梦的是当自己赤脚走在地板上时，脚底会变脏，衣服不洗会变臭，吃饭喝水后会排泄。身体的存在，才让我不会觉得这一切“全都是梦”。

我甚至觉得可以说，身体的存在是为了确认自己并非生活在梦里。

即便家庭旅馆的工作不忙的时候，我也总有事情做，而且都是体力劳动。要做的事情经常还做不到一半，一天就结束了。替父母将很多工作程序做成手册，输入电脑中，也是我常年的工作内容。如果说自己的人生没有压力和疲倦，那是在说谎。闪腰、头痛或者痛经等各种身体的伤痛有时会让自己的人生变得更加沉重。

即便如此，我的人生观依然岿然不动。

在被各种伤痛折磨的时候，我也会把自己力所能及的事情做完，然后把自己做不了的事情交给家人处理，去睡一觉就好了。不怨天尤人，将身体交给上天，让大地吸走疲惫。

但是，一般人往往都会作茧自缚而不自知。所有人都在给自己施魔法，将自己封进一个只有自己的梦里。

身处庞大的梦境中，看起来却像特意钻进一个透明的胶囊，蒙上眼睛，戴上耳机，嘟嘟囔囔地自言自语。

但是，即便这样的状态，我仍感觉十分美妙。

即便是这样的状态，大家也都好好地活着，有时会忘掉烦恼，像孩童一样天真地沐浴着阳光，迎着轻风，吃着美味，脸上泛着微笑。

一般的时候，我都保持着一颗童心。感谢命运将我放进这样一个能够保持童心的环境中。

即便有时太累，不能这样想，但到晚上睡一觉，第二天醒来就会把前一天的劳累忘个精光。

啊，昨天好开心啊。每天都心情舒畅。怎么会遇到这么好的事呢？——我真心这样觉得。从小就一直这样。

家人看到我这种乐天的性格，常常把我称为“海边捡来的幸福种子”。

将我捡回来的大平家所在的大丘村位于一座呈大山丘形状的古坟附近，这里海拔比别处稍微高一些，可以俯瞰大海。

也许是位于古坟周边的缘故，这一带据说原本有很多墓地，很少有人愿意住在这里，因此人烟稀少。离这里最近的一个大一点的城镇是山丘下方的海滨小城，开车有十分钟的车程。虽然村子里也有邮局、诊所和村务所，但其他的重要机构都在那个小城。超市和便利店也只有到那个小城才有。

气候是高原性的，相对比较凉爽，早晨经常有雾，阴雨天气较多。

附近有清泉，还有养殖牛马羊的大型牧场。

因为地势稍高，因此无论从哪个地方都能看到一点大海。

交通不便，再加上附近有古迹，因此周围的自然保护得很好。整个村子一直保持着一种朴素的美。

村里没有电车站，从远处的车站到这里需要坐巴士，一天也就只有两班，因此到这里旅游的人也很少。不过，一些英国的小资、背包客或者嬉皮士却经常来这里。

已经去世的外公年轻时曾在英国一个叫做格拉斯顿伯里（Glastonbury）的小镇生活过很长时间，回国后便在这个村子里开了一家小小的家庭旅馆，取名“比格希尔”[1]。

外公曾在英国那个颇具小资气息的小镇一边打工一边生活。当时他打工的那家旅馆和我家合作，在圈内形成了良好的口碑，很多喜欢日本的英国人开始来这里住。

外公精通英语，因此这家店很快就被收进英文版的导游书中，美国人也开始到这里来住宿了。

据说，当年虽然算不上生意兴隆，但外公外婆、爸爸妈妈以及妈妈的弟弟章夫舅舅都忙里忙外，好歹才算顾得

1　英文大山丘（Big Hill）的音译。

过来。

我还记得小时候，旅馆的生意相当红火。

外公去世之后，旅馆的订单骤然少了很多。但由于还有一些人怀念外公，或者是对大丘村一见钟情的观光客，偶尔还会过来投宿。生意慢慢变得平淡，有预约就接待。我也长大了，开始帮家里打理旅馆的生意。

我想继承这个小旅馆，却不知道自己能否维持下去，毕竟这里地处穷乡僻壤，几乎没有什么来客。

去世的外公曾是一个传奇式的人物，他似乎有一种特技，能把想要的东西都弄到手。

很多人被他的传奇吸引，来这里跟他谈心，向他讨教。外公从不收他们的钱，却会收到很多礼品，我家总不缺各种食品。因此，即便旅馆客人少的时候，大家也并没有危机感。

无论是在国外还是在日本，外公都被人尊称为“大丘村的先生”。从这个意义上，也说明外公在世的时候我家的旅馆曾红火过一阵子。很多人远道来这里住宿，只是为了跟外公谈心讨教。

一般人只要跟外公散散步，聊聊天，帮他做做农活，在这里住上一夜，呼吸一下高原上的新鲜空气，吃点妈妈做的炸鱼薯条，喝点下午茶，休息一下，便会变得精神百倍。

而且，家人也都毫不客气地利用外公的这种“魅力”。

若是有人提出：“外公，我想吃冰棍。”

外公便只管微笑着说：“好啊，可是口味没得挑哦。”

于是，邻居们很快就会来我家，为我们送来他们吃不完的冰棍。或者出去买东西的外婆会顺便从附近的点心店买来冰棍。

一般当天就能如愿，偶尔会到第二天。

若是到了第二天，外公就会笑着说：“好慢啊。”

既然这么容易如愿，于是我就试着说：“好想要一辆车啊。”心愿却没能得逞。可是，当爸爸的汽车出现故障，真的遇到困难的时候，外公却抽奖中了一辆车回来。

只是爸爸原本想要一辆轻卡，外公却抽来一辆轿车，因此花了一些工夫转卖。但是，这件事却像欢乐的魔法，给我们的生活带来阳光。

有一天，雕刻家爸爸突然提起想要一间自己的工作室，外公的一个老朋友就突然送给他一套修建小木屋的部件。

基础施工很困难，最后也花了不少钱，但爸爸总算在自家堂屋旁边拥有了一间小木屋作为工作室。

家人常说，出现这样的问题才是正常的，才符合这个世界的逻辑。如果想要的东西全部都能马上顺利得到的话，那便不是人间，而是天堂了。

外公得到什么东西的时候，总像发生奇迹一般，全身笼罩着光环。而这种光是外公发出来的。

人是自然的一部分，必然会拥有这种令人振奋的瞬间，就像大海、大山或者天空一样呈现出各种不同的瞬间。

有时，我希望自己能够拥有更多的这种瞬间，想要过这样的生活，或者只有这种瞬间的生活。

一天早晨，外公正在看音乐节目中皇后乐队的演出，突然非常感动地说道："弗雷迪简直就是神。虽然多余的动作太多。"

然后他还说自己想要皇后乐队的T恤衫。

我原本以为在这个穷乡僻壤，外公的愿望简直是天方夜谭，但没想到的是，当我放学回家时，看到外公正躺在起居室睡觉，身上竟然真的穿着皇后乐队的T恤衫。

妈妈正在做晚饭。我拍了一下她的肩膀，指着外公表示疑惑不解。

从小时候起，妈妈做饭的样子就总让我感到心安。计算好的顺序、沉着的态度、优雅的节奏。即便世界末日来临，妈妈的这份从容也似乎不会改变。她是那样认真，一点也不紧张。

妈妈回过头来，说道："啊，你说那个啊？说是天上掉下来的。"

"别人家晾晒的衣物掉下来的吗？"

我问道。

"他说不在意，就穿上了。"

妈妈笑道。

"可是，最神奇的是……"

妈妈瞪大眼睛，像在做梦一般。

“你外公说，那件T恤衫落下来，搭在肩膀上，很暖和，就像妈妈给孩子盖上毯子一样，很温柔。想到他说的那种感觉，连我都感觉自己被什么东西温柔地裹住了一样呢。”

外公睡醒之后，我又问了一下T恤衫的事。

“在这种乡下地方，您真的弄到手呢。不偏不倚，正好是您想要的皇后乐队的T恤衫。您的功夫真是炉火纯青了呢。”

我说道。

外公回答：

“到了外公这个年纪啊，人生就是游戏了。虽然也会遇到很多不如意，但这些都是游戏的一部分。这次的事，肯定不是因为我多么伟大，而是弗雷迪厉害。他声音嘹亮，因此更容易与人沟通，容易了解别人的愿望。”

我点了点头。

“若让自己变得容易沟通，便能心意相通。因此……”外公说道。

我说道：

“喂，外公，那他有很多多余的动作，也没关系么?”

“你先听我说完。弗雷迪有很多多余的动作，而且如果他能在这方面再进步一点就更好了，但即便如此也完全不影响他的优秀。重要的是他不会越线。如果他多余的动作再多一些，便会越线而发生质变。他能在最关键的地方悬崖勒马，说明他身体的天赋好。”

我不理解外公说的“越线”是何意。

“每天发生的事，都像不怀好意的脑筋急转弯，将我们引向另外一面。但是，只要不越雷池，一切就还可以一如既往。这样一来，我可以做到的，大家也都能做到。”

外公说道。

“每个人容易被引向的‘另外一面’都各不相同。人容易被引诱，这一点与其优点并存，就像每天借人十日元、一百日元一样，每个人每天都会被引诱着做出一点越线之事。这些事积少成多，便会爆发一个事件，或者要花费许多周折才能得到自己想要的东西，再或者根本得不到。

“如何在每个瞬间都不为诱惑所动，如何对待这些诱惑，是唯一的真理。善始善终，就能得到想要的东西。人这一辈子，归根结底就是如何重视这种体验和抵御新诱惑的游戏。想到这个游戏的规则是在出生时由自己设定的，便觉得最为称心如意。

“愿望的实现不是靠强烈的意念，也不是靠积德行善。容易被引诱的秘密，保持着一种没有慈悲的平衡，存在于人性之中。即便如此，就连佛祖也很清楚，我们依然无法避免的是生老病死。但是，我觉得只要能够克服诱惑，那么即便是无法避免的生老病死也能在某种程度上如自己所愿。”

我点了点头，心想：把自己说得比佛祖还厉害，好了不起啊。

“小干，你刚才肯定觉得外公把自己说得比佛祖还厉害，很了不起，对吧?”

外公微笑着问道。

“首先，你只有把自己当成自己这个小宇宙中的神，才能看到全部。这样说并非不尊重那些历史中的圣人，或者跟我们经历相同的人。我只是说，人生只能靠自己，只能自助。只有自助，神灵、佛祖和地球等所有的一切才能助你。

“淑子非常想要一个孩子，我便为她祈祷，祈祷上神赐给她一个孩子。于是，你来到了这里，虽然我并没有想到是这样的方式。这才是我人生最大的收获。相比之下，这种T恤衫简直不值一提了。”

外公笑道。

“所谓的招徕术，其实是欲望的问题，对吧。但我的却不是。没有欲望之处，才有广阔的大海。这片大海保持着一种绝妙的平衡。我在大海中遨游，只取填饱肚子所需的鱼。仅此而已。我不要有名，知足常乐。心中只要有这种信念，便能如愿得到自己所需。

“要像躺在花床上午歇一样活着。小干，你最大的优点就是发自内心地明白幸福的价值。现在的你就很好，要保持下去。就像躺在花床上一样，陶醉于生活。当然，人生艰难困苦，有各种痛苦。但即便如此，你要发自内心地那样做，不要管别人说什么。用一种不为人知的方式，就像躺在美丽的花床上午歇。无论什么时候，都要如新生一般面对生活，就像刚在花床午睡中醒来一般。”

我发现原来外公知道我心中的幸福，为此感到高兴，想把他的这些话牢牢记在心里。

外公去世的时候，也穿着那件T恤。

他安详地躺在棺木里，就像被天空温柔地裹在怀中。

不知外公现在是否在天堂见到了弗雷迪，为他提出建议:“你天赋不错，但多余的动作太多。”

我家后面有一栋形同废墟的房子，里面住着一位阴郁偏执的老婆婆。前一年的冬天，那个老婆婆去世了，于是那栋楼也就成了名副其实的废墟。

那是一栋三层的小楼。一层原本是一家杂货店兼点心店，二层是主人居住的房间，三层是对外租赁的房屋。那里的老外公患上精神病，跳楼自杀，只剩下老婆婆一个人，便关了店。当时有很多不好的谣言，因此原本租给附近一家酒馆当仓库和办公室使用的三楼也无人租住了。整个楼荒废下来，就像一栋空宅。

妈妈出于街坊之间的善意，去帮忙打扫房间或除草，那位老婆婆反而不高兴，说什么“不要动我家的东西”“别碰我的院子”之类的。后来老婆婆干脆假称不在家，妈妈也就不再去帮忙了。但直到她去世，妈妈都会在她家门口放一些食品，但她从来没有回应或者表示感谢。

楼里都生了虫子，有时顺风的时候还会闻到霉味。我们正为难的时候，那位老婆婆就去世了。于是我们说：“那栋楼也终于可以收拾收拾了。”可是事与愿违，那里后来也一直废弃着没人管。

人都死了，还这样说别人，有些过意不去。但是，后面的那栋楼给我们的生活带来了很大精神压力，若不说点俏皮话，很可能会影响生活的品质。

整幢楼阴森森的，散发出不祥的气氛，水泥墙面上到处都是裂缝。到了晚上，一片漆黑，里面好像还栖息着蝙蝠和黄鼠狼，马蜂在里面筑了窝。每当从那栋楼前经过，都感觉十分败兴。

因此，我在家的时候，会把面朝那幢楼的窗帘关上，尽量不往那边看。

但是，初春的一天晚上，我在四楼自己的房间，准备收拾一下窗边，打开窗帘往下一看，竟发现楼里有一处微弱的灯光。

那栋老楼的地基已经倾斜，无法想象还有人住在里面，但亮灯的那个房间的窗边明显有人影晃动。

我跑到爸爸的工作室，将这件事告诉了他。

“后面的房子里亮灯了。”

正在雕刻石头的爸爸抬起头来。

“那鬼屋？是终于有人过来考察，准备拆掉吧。”

爸爸说道。

“可是，只亮着一盏小灯，灯光很弱。”

我说道。

爸爸沉默寡言，除了对家人之外，几乎从不跟别人开口说话。他雕刻的东西都是以植物为主题的，浮雕也都是植物花纹，完全没有人的雕塑。今天爸爸做的也是一个巨型藤蔓植物的浮雕。

妈妈的弟弟章夫舅舅在世时，给爸爸当助手和经纪人。舅舅善于待人接物和营销，因此爸爸总能接到很多活，颇受欢迎。但是，大约十年以前，舅舅突然心脏病发作去世之后，不擅长做生意的爸爸变得愈发沉默寡言，工作也变少了。

当然，由于植物花纹的雕刻无论用在什么地方都比较好搭配，因此现在爸爸接到的订单也并不少，还有很多地方因为台风或自然损耗之类的原因破损，请爸爸做修缮，现在也还是会很忙。不过，已经没有当年那种要走出去的气势了。

即便当年爸爸人气旺的时候，接到雕刻人像的委托，他也总是拒绝。

“我做不好。”他说。

妈妈见他这样，总说：“他太喜欢人，越喜欢便越害怕，就做不了了。”

爸爸原是村头一户花农家的儿子，与妈妈是青梅竹马。

爸爸和外公脾气相投，经常来找外公，时间久了便和妈妈开始交往，没有出现任何波折，便顺利地和妈妈结了婚。

爸爸唯一信赖的人就是章夫舅舅。

章夫舅舅去世之后，爸爸没有再找新的助理，一直坚持自己一个人做。这是爸爸最了不起的地方。

即便工作量减少，他也不在意，按照自己的节奏继续从事创作。

爸爸有时会想念章夫舅舅，在工作室嚎啕大哭。

问他“怎么啦”，他便说起舅舅的名字，“想章夫了”。爸爸叫舅舅的名字时，就像在呼唤自己的珍宝。每当听到他的呼唤，我都感到揪心。

“他长得那么瘦，却那么能干，无论多沉的东西都能轻而易举地搬动，从来不给脸色看，就像怀抱婴儿一样小心翼翼地对待我的作品。换作别人，都不可能做到。我想他啊，我想章夫。”

每当听爸爸这么说，我也只能跟着垂泪。我甚至害怕，觉得自己不会像爸爸这样纯粹地喜欢和珍惜一个人。爸爸为人着想的那种热情总是令我惊讶。或许，他的这种热情对我和妈妈也是一样的。

爸爸的世界非常简单，只有石头、植物和家人。对于他来说，最重要的似乎就是不让多余的东西掺入自己的生活。

最近，爸爸的眼神终于恢复了光芒。章夫舅舅的去世曾给他带来很大的打击，现在好像终于振作起来了。

我为如此拙笨的爸爸感到自豪。

“当时我们被称为白府，那边被称为黑府。”

爸爸说道。

“这是什么意思?”

我问道。

“你来到这个家之前，我和你妈妈还年轻的时候，据说那家点心店其实只是拿卖点心当幌子，他家真正的营生是巫术，搞什么附身术，崇拜恶魔，诅咒别人。结果一家子都疯癫了。而咱家老爷子总爱跟人谈心，努力制造良好氛围。村子里的人都说咱们两家截然相反，甚至分别被人称为白府和黑府。”

“这些我以前都没听说过啊。不过至少咱家是好的。而且，这么一个小旅馆，还叫府，大家也是够奇怪的。”

我说道。

“不管怎样，这一带肯定有恐怖的魔力磁场。

“有人说那个古坟是以前一个有权有势者的秘密墓地呢。虽然没什么有据可查的资料，却有传言说那是个很了不起的大人物。或许这个村子里的村民都是守墓人的后裔。

“据说，后面黑府的那个奶奶年轻的时候喜欢我家白府的外公。我外公看不上她，她也不愿放弃，最后嫁给一个自己根本不喜欢的富豪，故意在我家后面建了一栋楼。性格就不好呢。

“还有，以前她家还有个视为掌上明珠的女儿，总是穿一袭黑衣。最近都没有见过了。是个很奇怪的姑娘，不爱说话，很内向。听说喜欢上一个男人，和婆婆吵了一架，跟人私奔，离家出走了。”

爸爸说道。

“那这么说的话，那栋楼的主人还有在世的啊？离家出走的那个人会不会回来把这个房子拆了或者卖了，或者打理一下呢？”

我说道。

“喂，爸爸，按照您刚才说的这些推断，我该不会是他们扔掉的孩子吧？比如我其实是那个姑娘诞下的私生子之类的？”

“也不是完全没有这种可能性。可我从来没听说过那个姑娘跟人私奔后生了小孩，所以我觉得应该不会的。在这种小地方，什么事儿都瞒不住。

“对了，那个地方，不如铲平或者卖掉呢……看他们现在还没有什么动静，也别想着能马上解决。在政府出动之前，很可能一直都会这样。我们家的旅馆跟废墟挨着，以后的口碑会更差了。”

爸爸语气平淡，似乎并未将这事放在心上。

后面的那幢楼只是变成了一片废墟，也没有什么别的不好。可是我总感觉有一种黑色的烟雾从紧闭的门中飘散出来，渗入周围的空气中。因此我总感到害怕，尽量不从那幢楼前面经过，不去看那幢房子。

那幢楼变成废墟之后，又有一个人在那里跳楼自杀。我便越发感到害怕，在自己的脑海中将那幢楼封存了起来。

在那里跳楼自杀的是一个因高考两度落榜而变得精神抑郁的高中生。据说他摇摇晃晃地来到这里，就像被房子吸进去一样，突然跑上楼顶，从上面跳了下来。

从那之后，楼梯就被严密封锁。除了一些人来练胆，几乎没有人再从这里经过。

后面的小路上原本就只有两户人家。旁边的那家人也觉得害怕，搬到了山坡的另一面，最后这条路上只剩下这幢阴森森的楼了。

虽然不情愿，但是后来我还是注意观察了一下，发现那天晚上之后再也没有亮过灯。

不久之后，我又像以前一样，不再看房后，也忘了观察那幢楼的情形。

我家就在旅馆的上面。四楼是我们各自的房间，三楼是起居室和外公的房间，二楼及往下是旅馆，楼梯和玄关是共用的。

早晨起来，我便下楼打开玄关沉重的彩色玻璃门，然后去取报纸。通往门口的小路铺着蓝色和褐色的漂亮瓷砖。这是外公特意托人从英国寄过来，和爸爸、舅舅三人一起辛辛苦苦铺上的。

而且，当时我经常发现（不是每天早晨）那些瓷砖上面放着一些没见过的橙色圆石。

清晨一般都会有雾，视野模糊，辨不清瓷砖和那些石头的颜色，不小心就会被绊到。

石头一般比拳头还小，即便绊一下也不会摔倒，没有什么大碍，可还是有些可怕。

虽然不是特别确定，但我怀疑这件事跟那天晚上后面楼上亮灯的事情不无关系。因为正好从那个时期开始，小路上开始被人放上了石头。

在大平家，起得最早的一般是我。

虽然除了夏天之外很少有客人来投宿，但我还是想把一楼和二楼的房间都打理干净，而且从外公在世时起我就养成了习惯，即早晨起来第一件事便是把家里的正面玄关附近打扫干净。

到了周末的晚上，爸爸和妈妈会利用旅馆的早餐餐厅开周末酒馆。每周预订桶装的健力士和爱尔生啤，妈妈做她拿手的炸鱼薯条。柜台的石板上是爸爸雕刻的美丽藤蔓花纹。

这个周末酒馆成为附近喜欢喝啤酒的大叔们聚会聊天的地方。所有的事情都会从这里传出去，因此没有品行不端的人在这里撒泼闹事，气氛颇为悠闲。除了附近的大叔，还有一些驱车过来的人，或者住在附近城镇的有些怪异的情侣，还有以来吃早餐为目的的主妇团体。得为他们叫出租车或者代驾，也有人等到十二点打烊后直接住下来。

起初我以为石头是那些醉酒客放的，但后来发现不仅周末会有石头。

虽然问题并不严重，但我从那些石头中感受到一种淡淡的、悲观的倾诉。

虽然我只能用“感受到”这种暧昧的表达，但每当看到那些石头，我的确都会感觉那个人并不是想让我摔倒，而是想对我诉说一件更重要的事，但是那个人的身影却又过于昏暗，我根本听不清他的诉说。

心里感到郁闷，便挪开石头，放到院墙外，冲洗瓷砖的时候也顺便用水管冲洗一下那些石头。

水的力量很大，那些令人郁闷的石头被水一冲，也都变成了普通的石头。或者说，石头被水冲洗一番之后，这种恶作剧带来的抑郁心情也被冲掉，心情也随之变得舒畅。我甚至觉得这样做能让自己变得平心静气，也没有特别对家人提起此事。

如果外公还在世的话，我会找他商量。但是父母过得悠闲自在，我不想让他们担心。

我想着，等石头攒多了，就将其用于积极的方面，垒一个花坛……就在这种时候，妈妈突然遭遇了车祸，导致腿骨折，住进了医院。

“妈妈，没事儿吧？没事太好了。”

妈妈躺在附近城镇医院的床上。我贴在她的耳边说道。

从窗外建筑物的缝隙间可以看到春日里朦胧的街道，住户之间也能看到阳光下泛着绿意的青山。

春光如此明媚，真想这一切从未发生，现在就和妈妈一起出去散步。

天空和大地也似乎都装扮一新，享受着历经寒冬后迎来的短暂春天。

“没事啊。身子有点虚，但没关系的。不是什么大问题，一定能恢复的。”

妈妈微笑着说道。贴在脸上的大块纱布令人心痛。希望我最爱的妈妈脸上不要留下疤痕。我不想让已经因为癌症手术在肚子上留下疤痕的妈妈身上再出现任何疤痕。每次和妈妈一起洗澡，她都会说：“看，这是生你的时候剖腹产留下的刀疤。”于是，不知不觉地，就连我自己也开始觉得自己真的是妈妈生下来的了。

“爸爸怎么样?”

这个问题妈妈已经问过好几次了。出车祸时驾车的是妈妈，当时爸爸也在车上。她非常担心爸爸的安危。

在一个下雨的冷天，开车谨慎而且车技娴熟的妈妈翻过山，到附近的城镇买东西，到了那个城镇的入口便出了车祸。那里既不是山顶的坡道，也并不崎岖，可不知为什么，方向盘没打好，车子向前滑行，撞上了路边的护栏。车子撞得惨不忍睹，爸爸和妈妈幸运地活了下来。

“没事了。爸爸只是肋骨轻微骨折，在家里老实待着呢。和平常没什么不一样。出了这么大的车祸，你们俩都只是骨折而已，真是太幸运了。”

我惊魂未定，声音颤抖，想到车祸现场的惨状便感到害怕。幸好父母没事，不然现在家里就只剩下我孤身一人了。

现在妈妈虽然受了伤，身子虚弱，但毕竟还在。她仍然担心着大家，语气淡淡的，还是那样从容冷静。看着妈妈的样子，我差点又哭出来。

“前不久我做了一个噩梦，梦见了兔子。”

妈妈说道。

“我第一次做这么奇怪的梦。很多兔子盯着我，用人类的语言跟我说话。可我怎么也听不懂。我明明很喜欢动物的，看到它们却感到害怕，就逃啊逃啊。这就是梦的内容。难道是这场车祸的先兆么？”

“为什么这么说？”

我问道。

“我感觉不是猫。那天是一只褐色的兔子突然冲出来，我才赶紧打了方向盘。”

妈妈说道。

我突然感到一阵毛骨悚然。

村子里的山路上或者农场附近的确会有很多松鼠或野兔出没，但在城镇附近很少见到，即便有也几乎不会突然从什么地方跑出来。

“反正要多加小心。无论什么时候。”

我盯着妈妈，说道。

这时，一个很久没见的儿时好友突然来到病房。

我和妈妈都惊讶得瞪大了眼睛。

他说：

“阿姨，您没事儿吧。我是野村。我回日本了。”

他背着一个黑色的背包，戴着眼镜，和儿时一个模样。

“太好了！车祸把野村君给我招回来了。”

妈妈声音沙哑地笑了起来。她是发自内心地高兴，眼神中闪烁着光芒。妈妈身上散发出耀眼的光芒。这一瞬间，我突然想起外公眼睛里发出的光芒，差点哭起来。

妈妈想要奋力起身，我慌忙按住她，怕她骨头弯曲粘在一起。但是我挡不住妈妈。她一脸兴奋地盯着野村君，就像盯着珍宝，看那样子就像她身体已经痊愈，现在就能起身。

“我买了您家后面那块地。”

野村君突然说道。

听到他说的正是我前几天和爸爸说过的那个话题，吃了一惊，问道：

“那，难道那天晚上的灯是你开的？”

“前不久我在那里住了一晚。差点像小时候一样犯哮喘，便决定不收拾了。你是说那次么？

“我现在住在山下镇上的亲戚家里。天天忙着办各种手续，也没得空过来。偶尔想收拾一下房子，白天会过来一下，但要收拾的东西实在太多，非常麻烦。所以每次去都收拾一点，然后准备歇一会儿再继续干活，往往就睡着了，只好放弃，再回去。每次都是这样。”

他说完后，不好意思地挠了挠头。

“上个月初，我从洛杉矶回来了，一个人。”

“难道你是想到这边来住?”

妈妈的眼睛闪烁着光辉。

“我是这样打算的。妻子去世之后，我一度伤心欲绝，前思后想，最后决定回老家生活。我原本是想两人一起回国的，但没能如愿。

“我家老爷子和老太太还在那边，就我自己回来了。以后应该会两边走。现在首先得赶紧整理一下那块地，能住进去才行。”

站在眼前的，是活生生的野村君。他的直截了当总是让我惊讶不已。

野村君自小身体虚弱，还有哮喘，而且不懂察言观色，在学校里总被人欺负，就不去上学了。然后他成为外公最得意的弟子，比我高一个年级。

自从他来我家跟外公学习，村子里就开始传我俩的流言蜚语，但他也并不气馁，仍坚持来我家向外公请教。他崇拜外公，就像恋爱中的少女想每天和自己心爱的人在一起一样，希望每天都和外公一起生活。

“我想先去给外公扫墓。花也带来了。可想想看，拿着白菊花来病房，简直是太差劲了。我就把这里面的大丁草花送您吧。”

野村君笑了起来，从手里的花束中拔出白色的大丁草花，然后用旁边的花瓶接了点水，将花插进花瓶里。

往事又清晰地浮现在眼前。他虽然神经大条，但为人光明磊落，不惹人厌。这才是表面上老实的他的真实性格。

这时，我突然注意到一件事。

野村君旁边放着一个鼓囊囊的黑色背包，看起来很重。

那个背包他从小时候就一直背着。

看起来比以前旧，但的确就是那个背包没错。

小时候他总是跟在外公屁股后面，我总是看到他的背影，却总能看到他背包的正面。

这些事情也都历历在目，令人怀念。

我差点失去妈妈。虽然松了一口气，但仍心有余悸。

这时，野村君像凯旋的英雄一样出现在我面前。

当看到他的背包的时候，心中所有的不安都烟消云散了。

他终于回来了。我悬在半空的双脚终于落了地。感谢他为我们带来惊喜。

妈妈插着导尿管，脚下有一个尿袋，手臂上插着吊针让人看着心疼，却依旧顽强地活着。

妈妈看着野村君，笑着，却掩饰不住身体的伤痛。而我则茫然地盯着背包。

“怎么了?”

野村君说道。

“那个背包太令人怀念。看到它，就想到很多事，不由得愣起神来。”

我说道。

“野村君真爱惜东西呢。”

妈妈说道。

“只是因为没钱罢了。”

野村君说道。

背包啊，请你告诉我，野村君离开的这些年，都发生了什么。我心想。但背包却默默不语，就像一条年迈的老狗，静静地待在那里。

“时间过得好快啊。”

野村君说道。

我坐着野村君的轻型轿车，来到村里唯一的一块墓地。这是一块古老的墓地，位于山丘的另外一个斜坡上。平缓的山坡上竖着一些墓碑。

外公外婆、舅舅和祖先都长眠于此。简单的小小墓碑是爸爸亲自雕刻的。最下方雕刻了鲜花的纹样，是为了让没有鲜花的时候也不至于显得凄凉。这也体现了爸爸的细腻与可爱。

手中拿着白色菊花，走上墓地的台阶。

花店里无论什么时候都能看到扫墓用的鲜花，却从未像现在这样打动我的心。

每日的生活里，都感觉那些故去的人还在身边。

“真的要回大丘村吗?”

我小声说了一句。声音马上消逝在风中，传不到对方的耳朵里。

但野村君仍旧努力分辨。他侧过耳朵，聚精会神地听我说话。

单单通过这样的态度，就能知道他所珍重的东西是什么。

我在风中感受到外公的教诲。

他说道：

“这里是我的原点啊。本来就想着有朝一日还能回来住，这次回来的时候，我在网上搜了一下，正巧发现那幢楼正在出售，价格很低，我就赶过来了。”

“难以置信。太强大了。”

我说道，心想：像那种房屋，当然便宜啦。

但是，我当时想法很简单，自然而然地脱口说出那两句话，而没有特意解释。买都已经买了，多说一些让人感到不快的话也是无益。

“我原本想先去给外公扫墓，先不说自己买下房子的事。去了你家后，叔叔说你到医院去探望阿姨，吓了一跳，才撂下所有的事直接跑到医院找你。为了鼓励阿姨，我才把买房买地的事都说了。跟个傻瓜似的。”

野村君说道。

“那可能是妈妈的魔法。你现在做什么工作？”

我说道。

“在那边创办了一家小小的出版社，出版了几本英文书。”

他回答道。

“好厉害啊。真的吗？是出英文书的出版社吗？”

他见我有疑惑，说道：

“是的。我爸在那边做版权代理什么的，后来就想着为周围的人自费出版一些书，便开了一家出版公司。我家老爷子也是性情中人，在一个小小的社区里兢兢业业地做着自己喜欢的事。你也懂英语对吧？下次送给你我家出版的书啊。”

“翻译成日语在日本出版多好啊。”

我说道。

“若是能卖出去当然好。可是种类比较特殊，只有在那边才能卖出去……接下来我还要去推销呢，作为作家兼出版社社长。”

他笑道。

“我不知道这是帅还是不帅呢？”

他听我这么说，自豪地说道：

“我觉得自己这样超帅呢。”

“也许吧。你从小就这样，想做的事情就一定要做。”

我想起小时候的他。他后来长得壮实了，内心也变得坚强，长相也变了很多，就像变成了另外一个人，然后和父母一起离开村子，去了美国。

“对，总觉得自己超帅的，这一点我和别人不一样。外公以前也总这样说我。他说这是我的优点，要我保持。

“幸运的是，我和妈妈在那边遇到一位很厉害的瑜伽老师，打算在我家出版社出书。那本书在那边卖得很好，也翻译成很多语言。我的书不行，但在日本倒可能畅销。对了对了，我想以后为外公写一本传记，到时还要请你帮忙。”

他说道。

“好棒啊。好多事情真的难以置信。”

我笑了，然后问道：

“你太太去世了？”

他马上回答：

“我在那边结了婚，妻子去世了，发生了很多事，这段婚姻，总之……就是外公说的‘越线之事’，也相应地发生了很多事，我也苦恼了很久，有一段时间什么也做不成，一直跟着父母，给他们帮忙，也开始认真思考自己应该如何度过后半生。发生了很多事，但这些说来话长，以后有机会再跟你讲，一点点地讲。绝对不是我不想说哦。”

“你在那边也经历了很多事呢。不知不觉间已经完全长大了。”

我说道。

这样啊，结了婚，妻子去世……

我们都已经年近四十，不再是孩子了。

已经到了这样的年纪。

春分祭祀时节已经结束，墓地上的鲜花大多已经枯萎，偶尔看到还有鲜花，便感到心安。

妈妈常来这里擦拭，因此外公和舅舅长眠的墓碑是崭新的。而且这里是比高台更高的半山腰，景色也好。远处可以看到波光粼粼的大海。似乎能够看到风吹过。很多鹰飞过，在蓝天上描绘出美丽的花纹。

野村君用带来的鲜花换掉已经枯萎的花，倒入干净的清水。

我用清洗工具擦拭墓碑，想起外公去世前的日子，经常为他擦拭脚心。认真地擦拭脚心，能让卧床不起的人感觉非常舒服，就像为他擦拭全身一样。

明明是一块冰冷坚硬的石头，却能令人回忆起以前的感觉，人心真是不可思议。如果这都可能，那世界上或许就没有任何不可能。

大平家代代相传至今，才有我的存在。谢谢你们，接纳没有血缘关系的我，把我当成你们的家人。希望自己的心声能够冲上云霄，传递给大平家的先人。

“这里有一个缓缓的山坡，下去就是大海，有风，被一种神秘的静谧包裹。果然是个好地方。”

野村君说道。

想到以后能经常见到伤心欲绝而孤寂的野村君，就感觉以前那些热闹的日子又回来了。我衷心地感到高兴。

“啊，小干，给，裙带菜。”

野村君就像哆啦A梦一样从背包里拿出一片薄薄的干裙带菜，递给我。

“谢谢。你还记得哦？”

我的脸上泛起红晕。

“昨天我在下面渔协的物产馆发现的。裙带菜才是你的亲生母亲，对吧？”

野村君笑道。

“一般是这样认为的。”

我抱住裙带菜说道。

“喂，我如果生小孩，那孩子肯定既不像爸爸妈妈，也不像外公和舅舅吧。只有这一点，我难以接受。我只知道裙带菜，不知道亲生父母长什么模样。他们到底长什么样子呢？”

“的确如此。虽然难以接受，但的确如此。不如你生一个试试，没准儿会像呢？需要的话，我可以提供帮助哦。”

野村君说道。我笑着拍了一下他的膝盖。

“这话你都敢说，看来真的长大了。不愧是结过婚的人呢。”

我说道。

“不不，说起家人的时候，你能这样平静，还总是面带微笑，真的说明大平家的人都很爱你。以前我就觉得你不可思议，现在长大后，你还是这样不可思议。”

野村君说道。

“我会这样一直下去，变成不可思议的阿姨和老婆婆吧。”

我微笑。

“你结婚了吗?”

“家里的事情太忙，根本没工夫谈婚论嫁。快三十岁的时候谈过一个异地恋的男朋友，那是最后一次恋爱。而且，根本不想跟村子里的人或者附近的人谈恋爱。这么小的村子，无论做什么都瞒不住。我想一辈子单身。反正这家也没有后继者。”

我说道。

“不过，倒是想生个孩子呢。如果十年内有一次生孩子的机会就好了。山下的城镇上有个很好的助产士，说不定她能帮上忙。而且，我有喜欢的人哦，大家都称他为王子。”

“你像个小学生。”

野村君说道。

“可是他真的很好啊。像贵族一样优雅。开着村里唯一的一家热带鱼店，这里所有人家的鱼缸什么的都要劳他照顾。”

我说道。野村君听我说，一脸无奈地说道：

“哎，既然说要单身，就应该更强势一点嘛。不过，这个需要的话，我也会帮忙哦？”

“可是，他需要一个更适合他的女人啊。我不想嫁给他。能看着他就好。我愿意一辈子单身。我生活的重心并不在恋爱方面。以前有男朋友的时候，也更热心于工作，或者说干脆就觉得恋爱挺麻烦的。

“旅馆这种地方，无论什么时候，都是重体力劳动。只有夏天会请人帮忙打扫卫生。要做的工作太多了。父母把我捡回来，养这么大。我要好好照顾他们，可能的话，继承这个家庭旅馆，报答他们的养育之恩。有客人来住宿，能跟他们用英语对话，用妈妈教我的方法做炸鱼薯条招待他们，剩下的时间则独自生活，或者和孩子一起尽情地享受慵懒的生活。这就是我的梦想。”

我不由得说出了自己的梦想。对方真诚，自己也就不由得变得真诚。

“难道你没有性欲吗？这个世界上没有一个人勾起你的这种欲望？”

野村君眼睛瞪得圆圆的，说道。我回答：

“多管闲事啦。当然有啦。不过我人生的重心并不在这个方面。我有很多要做的事。而且，肯定有那么一个人啊。”

“世界上真是什么样的人都有。有人非常想结婚，也有像你这种人。”

野村君说道。

“我就这样啦，不好意思啊。喂，你看富士山。”

我指着大海的方向，心想：他所说的那种非常想结婚的人，肯定是他去世的妻子吧。那个人肯定是衷心地希望跟他结婚，他才答应她，帮她实现了愿望。

即便他心里明白，那对于他来说是“越线之事”……

我想起外公经常对我说，人有时会不得不去做一些“越线之事”，但这种时候，只要每天都要清醒地认识到这是“越线之事”并进行调整即可。

雾霭的前方浮现出美丽的轮廓。我仿佛看到幽灵一般，看得出了神。

富士山即便近在眼前，看起来也像远在天边。

“好令人怀念啊。在这附近的海滩上，总能感觉到富士山的存在。天气好的时候，到了傍晚，富士山的轮廓就会被夕阳染成绯红色。”

野村君好像很高兴，眯着眼睛这样说道。

我又想起一件差点忘掉的事：他看远方的时候会眯起眼睛，眉间会出现皱纹。

以前每天都会看到他的这副模样，而今却差点想不起来。我又不禁感叹时间的流逝。

那时外公还在世，务实又能干的章夫舅舅也还在。那段时光多么奢侈啊。虽然心里这样觉得，但我也知道，现在的我同样十分奢侈。

妈妈的命得救了，还能和我在一起。仅这一点，我就要感恩。仅此便让我感动不已。

“阿姨还活着，真是太好了。我该早点去打招呼的。本来想着偷偷地把你家后面那块地买过来，收拾干净了，再给你们一个惊喜，所以才一直没有露面。现在后悔极了。”

野村这话说得正好。

“对啊，要是顺便来我家看一下就好了。那里突然亮灯，把我吓坏了。”

我说道。

“那个房子里阴森森的，非常恐怖，想收拾都不知道从哪里下手。只要一动什么东西，就有一大股难闻的气味，难怪卖得这么便宜呢。”

野村君满不在乎地说道。我觉得他才是最厉害的。没有足够的行动力，是不敢买下那种地方还敢住在那里的。

“那家的老爷子自杀了，后来还有人从那里跳过楼。”

我想告诉他这件事，若无其事地提了一下。结果他却说：

“听说是这样呢。”

“原来你知道啊？”

我表示惊讶。野村君点了点头。

“山下镇上的亲戚都听说了，劝我不要买那块地。可是，我去看了一下，发现挺有意思的，所以就想着把那里好好改造一下，住在那里让大家瞧瞧。可真到了夜里一个人的时候，还真的害怕，有几次想逃出来找你呢。可是，那样也太不男人了，所以只好强忍着。”

“不要忍着嘛，来我家住不就好了？我家有四间客房呢。当然，也可以说，‘只有四间客房’。”

原来这些他都知道啊。我一边这样想着，一边说道。

“下次就去你们家。等合同签好了，就有专门的工作人员过来收拾，我在这里发牢骚啥的也没用。”

野村君笑着说道。

那束曾让我感到毛骨悚然的灯光突然变得亲切而温暖，仿佛是一种幸福的灯光，又解开了心中的一个疙瘩。

清风吹过，小草摇曳着，在阳光下熠熠生辉。

白色的花也随风摇动，散发出芳香。

晴朗的下午。令人神清气爽的一次扫墓。

想着野村君可能来住，便打扫了一下最大的那个大床间。

又想到他可能还想到外公房间里看看，顺便也打扫了一下起居室旁边外公住过的那个房间。这样忙来忙去，一天就结束了。

窗外，夕阳染红了整个村子。外面的景色就像逐渐蒙上一层薄薄的金色和橙色的面纱。

偶尔为外公的房间开窗通风，是我幸福的工作之一。

外公的崇拜者很多，偶尔也有像野村君这样远道而来缅怀他的，所以我家的那个区域几乎已经成了一个纪念馆。

里面装饰的木头和石头都是外公散步时捡回来的。

我喜欢茫然地看着那些木头的美丽形状发呆。

玻璃窗上镶嵌的是爸爸还在上学时制作的彩色玻璃。不是特别精致。窗边的九重葛卷着刺盖住整面墙，到了春天就郁郁葱葱的。然而，只要外公住在那里，就显得十分干净。

我曾以为我家能平静地生活，也许是“得到外公法术的保护”。但是外公去世之后，爸爸和妈妈依然过得悠闲自在。

我渐渐开始觉得，或许这才是真正的强大。

小时候我常常觉得奇怪。

为什么妈妈生气的时候也很少大声说话？爸爸和妈妈觉得对的事，为什么也不对人明说？

在生活的日常反复中，有一种浑浑噩噩的东西笼罩在人和家的周围。那种软绵无力、浑浑噩噩的东西，缠在人的身体上，夺走人的力气。

外公每天都能巧妙地避开这些。

我总是觉得，妈妈肯定在无意识当中掌握了外公的方法。

那些乍看理所当然的事……家人在一起和睦地生活、尽量不把事情憋在心里，说出来、好好地跟人打招呼、打扫家里的卫生——这些小事积少成多，就会演化成一股巨大的力量。

看起来虽是非常简单平凡的生活，但保持下去并不容易。我不知道还有什么魔法比保持这种生活更厉害。

我每天生活的这个村子、别的城镇或者报纸和电视新闻上，经常会听说一些令人非常悲伤的故事，而这些巨大的悲剧往往都是起源于小小的失误。人们想要做大事，便开始疏忽日常的小事，遇到了奇怪的事情也不再觉得奇怪，于是生活便开始偏离原来的轨道，越行越远。

或许，外公教会我们的，正是如何防止这样的事情发生。

行动的时候大胆地行动，但同时又要谨慎小心，不做越线之事，渺小的力量积少成多，转换为巨大的力量。就是这样。

我有时觉得，如果说有一张人生证书，上面描绘着他们的生活方式，而我来到这个世界，便是为了在这张证书上盖一个“同意”的大印，认可他们的这种生活方式。

我在外公的房间里打开窗，叫了几声。

“外公，外公，您听得到吗？谢谢您，谢谢。”

这时，光线洒落在我的周围。是那种闪烁耀眼的光粒。

看到那光，我便有了精神，仰面朝上躺到外公的床上。

妈妈将不得不在医院的病床上度过这个美丽的春天。现在她仍在和身体的伤痛与不快进行着斗争。但是我想，妈妈能活着就好，她会回来的。

如此害怕失去，正是自己无比幸福的证据。

天生就是“幸福症重症患者”的我“病”得越来越重。

生下来不久便失去了所有的一切。对于原本便一无所有的我来说，原本就不能奢求像别人一样抱怨什么“不喜欢父母”“不想继承家业”之类的。我觉得自己能活下来，就已经足够幸运，所以无论做什么都能从中感到快乐，这“幸福”的魔法一直没有失灵。

这是我小时候在大家身上施的魔法呢？还是因为家里每个人都真诚而温柔地抱着我，而在我身上施的魔法呢？

看到妈妈身体虚弱，想让有些消沉的她开心一点，便在买东西时顺道去了一趟热带鱼店。

王子今天也穿着一件白衬衫，站在各种颜色的鱼儿中间，系着围裙，专注地清洗热带鱼的水缸。他姿势优雅，短发显得清爽自然，让人怎么也看不够。

王子和他可怕的母亲两人相依为命。街坊们都说，他太怕他母亲，而母亲对未来儿媳的要求很高，因此他至今还没讨上老婆。

但是，这样的家庭背景对于我来说都无所谓。我只想偶尔在远处看一下王子就够了。

来他的店里，买些水草或鳉鱼的鱼食，同时跟他聊几句就足够了。

“谢谢您总是光顾本店，赠您一条黑鳉鱼。”

他声音洪亮，将一条黑鳉鱼装进一个透明的塑料袋里。

收到这个礼物，我高兴极了。

回到家里，我马上将黑鳉鱼放进玄关旁边的鱼缸里，它马上混迹到那些红鳉鱼中间，欢快地游动起来。我心想，生命真是美妙。在它们小小的身体中，蕴藏着一种神奇的力量，可以让它们在水中自由地游来游去。

鳉鱼会生很多孩子。它们其中的大部分都会死掉，只有几条能活下来，吃很多食物，慢慢长大。死掉的鳉鱼不再美丽。没了生命的鲜活闪亮。

活着就是如此。

也许我人生的起点很低，但是我现在是活着的，仅此一点就让我衷心地知足。能站在远处看着他就足够了。

只要能在远处看着王子，我就知足。曾经思念的野村君回来了，多雾的村子迎来了春天，油菜花和樱草也已经开始绽放。一切都那么美好。

我发现自己变得高兴起来。

后面的那幢楼将不再是废墟，老友将要住进去。对于我来说，没有比这更好的消息了。

与其说是梦，不如说是托梦联系。

野村君的太太正坐在我面前哭泣。

我不知道自己怎么知道她就是野村君的太太。梦境里的剧情从一开始就是这样设定的，我和她面对面坐着。

她个子高挑，眼睛大大的，穿着一件横纹T恤衫。她没有头发。我模糊地了解，这一定是化疗产生的副作用。头上只有一点软软的头发，就像雏鸟的毛，但掩饰不住她的美丽。

“我曾认为自己对野村先生付出了足够的爱。但事到如今却发现自己爱得还不够。我想时时刻刻跟他在一起，顷刻不离，就像打开窗就能看到天空一样，每天都能看到他。我对他的爱，就像信仰一般。

“我为野村先生烤面包，在面包上涂黄油或果酱时，都能专心致志，是因为我太爱他。

“我的所有行动归根结底都是出于对他的爱。不知道是因为知道自己已经时日不多才如此拼命，还是因为自己原本就是这种性格。我的眼中只有野村先生一人，那些景色、植物、食物和过往的孩子都在其次。

“野村先生没有什么特别之处。不会自己叠西装，钱包里装满各种小票。邋里邋遢的，也不会揣摩别人的心情，神经大条，有时还特别冷淡。最大的缺点是，只要对什么事一上心，就对别的事情全都不管不顾了。请您务必多关照他，提醒他。

“这个世界上的每一个人在与别人接触的时候，如果都能像我珍惜与他在一起的那些时光一样，那么每个人肯定都能取得瞩目的成就。我的那个人是野村先生，我为此感到幸福。请你珍惜他。你还有时间，不要失败，好好地珍惜他。他曾是我的珍宝。”

她的语气沉着平静，并不是哀求。只有脸上的泪水止不住地往下流……

我想起了《斯卡布罗集市》的歌词。

“请转告她给我做一件棉布衬衫，不要留针脚，也不要有接缝，这样，她会成为我真正的恋人……”

梦中，仿佛打开了八音盒，《斯卡布罗集市》的旋律流淌出来。

清脆的音符就像碎片一样填满空间。我和她追着那音符，出神地看着上空，就像两人一起看着远方的云。

“不，我没有这个打算。我知道你想说什么，可是野村君并不是我的那个对象。我已经有了自己的珍宝，非异性的珍宝。

“适婚年纪的男女在一个地方生活，也许会犯错，我喜欢上他的可能性也并非完全没有。可是，即便那样，我也不会像你那样喜欢野村君。你可能觉得我说这样的话很傲慢。但是，恋爱对于我来说，原本就不是那么重要，这是我的出身决定的。我还有很多不得不做和想要做的事。我应该在自己应该在的地方，保护自己应该保护的东西。”

我断断续续地说了这些。她的泪水仍在止不住地往下流。

她不擦泪水，说明她是个经常哭的人。

泪珠就像风儿摇晃着风铃，有节奏地发出美丽而清脆的声响。

“野村是个好人。我家里情况复杂，跟他说我想离家出走。他并没有那么喜欢我，却答应和我结婚，帮我离开了那个家。我家很有钱，是大富豪。妈妈又找了一个年轻的丈夫，那个人看上了我，常常骚扰我。所以，我想放弃那个家里所有的一切。当时，他还帮我找了律师，为我解决了棘手的继承问题。没钱的他欣然接纳了同样已经没钱的我。所以，我死的时候很平静。他明知道我没钱，会死掉，仍跟我结了婚。”

的确，他或许就是这种人。我心里想道。

心里袒护着这个重要的老友。

“听你这么说，才知道野村君不是用你留下的遗产买的后面那幢屋子，那我就放心了。而且听你说他还像以前那么笨，那么不得要领，我很高兴。”

她听懂了我的意思，点了点头。

“对于我来说，每天都是奇迹，所有的日常都是非日常的。对，就像现在播放的这首曲子中唱的，我们让很多不可能变成了可能。在我去世之后，他无法再像以前那样生活了。

“而且，我学会了与他人共享那种幸福的时光……我的成长环境过于恶劣，因此我以前最大的梦想就是发现这个世界上有爱。我做到了，死了也可以瞑目了。

“每天都会想：我能再和你多待一天吗？我能看看你吗？直到生命的最后一天，每天都能实现这两个愿望。可以说此生无憾了。”

我非常理解她的这些话。

然后，我点了点头。

“我和你一样。你是被野村君收留的，而我是被我现在的父母捡回来的。所以，我非常明白你的心情。我也许一辈子都不会像你那样看待野村君，但我非常明白你的心情。”

我说道。

她啪嗒啪嗒地掉着眼泪，用无限温柔的眼神看着我。

她或许对我也有嫉妒或者羡慕，因为我现在还活着，能见到野村君。但她的眼神却清澈透明，其中没有丝毫遗憾之意。

“以后就请你来保护野村了。拜托了。”

她说道。

“没事啦，他很强大的。不用担心。能一个人住进那种房子里，可不是一般人能做到的。”

我说道。她泪眼汪汪，脸上露出微笑。

就像雨后的柏油路一样闪亮。

我们就像一对经年的好友，常常这样并排坐在一起，听着美丽的旋律。然而，其实我们心里都清楚，这样的事并不常有。这是一段非常稀有而宝贵的时光。因此，每当我们四目相对，都会感到一种莫名的哀伤。

只有《斯卡布罗集市》动听的旋律在静静地流淌。

“她曾经是我真实的爱。”

因为这个原因，当我再次见到野村君的时候，感到分外亲切。

而且，还对他产生了一种崇拜之情，觉得一个人能被别人如此视若珍宝，真的了不起。

野村君的脸色比上次更难看了。

一大早，我听到后院有响动，便打开窗帘。发现拆房子的工程队来了，工人们正在清晨的薄雾中用推土机拆着房子。

仔细一看，发现野村君戴着安全帽站在院子里，脸色不太好。

“最终还是决定拆掉啦?”

我从窗子里大声喊，可他只是望着这边，将手放在耳边。

没有办法，我只好穿着睡衣，套上一件对襟毛衫，趿拉着拖鞋跑了出去。走近他之前，我感觉就像是在做梦一样。

我终于明白自己内心多么孤独。从小学到高中都是在山下的那个小城上的。当时的朋友几乎全都离开了这里。原本以为他们有朝一日还会回来，但除了偶尔有人回来探亲之外，平常根本没有人回来。然而，没想到会有朋友搬到这里来住，离自己家这么近。想到这里，就总会不由得高兴起来。

“楼的地基已经坏了，不打算翻修了。”

野村说道。

“昨天晚上你也是在这里住的吗？”

我问道。

“嗯。半夜过来的。”

野村君说道。

“为什么不来我家住呢？你太太还担心来着，说你不懂得爱惜自己的身体。”

我不小心说了出来。

野村君脸上露出复杂的表情，夹杂着各种情感。

然而，自己不确定的事，他是不会说的。

他肯定在想：“既然你这么说，肯定见过面。那么，在哪儿？如何做到的呢？”老实人不会撒谎，一切都表现在脸上。——我看着他，不仅在内心感叹。

“总之，在新房建好之前，不要再住那种脏地方了。”

我接着说道。

“想住也住不了了。”

野村君笑道：

“今天就拆掉了。”

哦，原来通过这种方式跟我逞强呢。幸好提前听你太太讲了一课。我心想。

“可是，好奇怪啊。早晨看到从山脚下的村子里请来的拆房施工队，竟然松了一口气。”

想到妈妈看到野村君时脸上表现出来的喜悦之情，便真的想让野村君常住在这里。

就像当年我来到大平家的时候一样，现在的他是我们的希望。

“拆完之前就住我家吧。”

“好啊。每天回山下也很够呛。我会付房费的。”

“好啊，给你打个友情折扣。”

我说道。

“最近总做噩梦。只要一住在那里。”

“梦见什么?”

“梦见兔子。蹦蹦跳跳地冲我跳过来，一副邪恶的样子。我原本是喜欢动物的。可是，我感觉那不是一般的兔子。”

野村君说道。我顿时感到毛骨悚然。又是“兔子”。这个“关键词”到底意味着什么呢?

“对了，你听说过利用狐狸的诅咒吗? 诅咒者将一百只狐狸扔进一个洞穴里，不给它们吃的和喝的，让它们互相残杀，到最后只剩下一只最厉害的狐狸。然后，诅咒者便将这只狐狸杀掉，用它的恶灵实施诅咒。”

野村君神情阴郁。

“没听说过……好可怕啊。真的很恐怖。最恐怖的是想到这个主意的人。”

我浑身感到毛骨悚然，说道。

这个带着仇恨、憎恶而且饥饿的生物丢掉了所有的骨肉之情，凶残地活了下来，却也未能摆脱被宰杀的命运。剥夺生物的尊严，在没有爱的世界里激发仇恨。这个世界上再没有什么比这种做法更残忍了。我从来没想过世界上还有这么可怕的事。

“那只兔子，感觉就像是我脑海中想象出来的那些狐狸。”

这时，我不假思索地说道。

“兔子的背后肯定隐藏着什么秘密。”

“什么啊，别吓唬我。别看我这样，其实我胆子可小呢。”

野村君说道。我吃惊地看着他。

“胆小之人才不会一个人住进废墟里。”

“如果不是有朋友住在隔壁，我才不敢呢。”

他露出微笑。

“从窗子里随时能看到你家。看着外公房间里的窗户和以前还是一样，就感觉外公还活着，我还能变得更强大，就像以前一样。”

我又想起他小时候，瘦瘦的，总是来找外公讨教让自己身体变得强壮的方法。他总是早早起来，和外公一起跑步到海边。

“我还是觉得外公很厉害。”

我说道。

“这么可怕的婆婆当年就住在自家屋后，总想将外公据为己有，对吧？可即便这样，外公还是那么从容，做自己喜欢的事。外公那么平常心，我甚至根本没有想到还会有这样的事。他好像一直爱着外婆。这一点我觉得很厉害。”

据说，外婆和妈妈得的是同样的病，比妈妈还要严重。后来癌细胞扩散，被医生告知剩下的日子不多的时候，外公依然深爱着外婆。

我是在外婆去世之后才来到这个家里的。记忆当中，外公每天都会对着外婆的遗像说话，供上鲜花。想到外公对外婆的遗像说话时的温柔，连我也变得温柔起来。

所以，即便在外婆离开之后，家里仍留着外婆的气息。

“我觉得这一定是因为外公真的已经忘了旁边住着那么可怕的人。”

野村君突然哈哈大笑起来，说道：

“这就是他最让我觉得了不起的地方。”

野村君说起外公的时候，声音比平常更加洪亮，表情也更加明媚。

“后面正在拆房子呢。这回肯定变干净了。”

爸爸起了床，揉着肋骨走过来，突然说道。

看样子已经不太痛了。看到他身体恢复的状态，不禁感觉生命力之强大。

几天前，每当活动的时候他还会皱眉。

时间静静地流逝，每天都似乎一成不变，却又的的确确在发生改变。

“野村君决定拆掉的。说是从今天起住咱家。我说不要钱，可他非要给。”

“是么……他啊，一直都是个老实孩子。既然他已经决定来这个村子，那就肯定是要来的啦。”

爸爸说道。

“以前经常和你外公、章夫舅舅、野村君一起去山下吃炸鸡呢。”

“哦，现在那家炸鸡店已经关掉了。”

我回答道。

以前，外公、章夫舅舅、爸爸和野村君经常一起行动，一起锻炼身体，要么去练剑，要么到山上摘野菜，或者劈柴烧炉子。大家一起干完活，就到海边小城商业街上的炸鸡店去吃东西。

我还记得妈妈总是一脸为难，说：

“马上就要吃晚饭了，去吃什么炸鸡嘛。”

年轻的妈妈嘴上这样说，表情却十分从容，似乎也无所谓的样子，将家里的男人送出门。我还记得他们出门后朝傍晚的商业街走去的背影。

他们那样和睦，似乎要拉着手蹦蹦跳跳地走起来。天空中布满鱼鳞状的红色云朵。仿佛这个世界上根本不存在悲伤，像这样快乐的时刻会永远持续下去。我可以确信那段时间是他们人生中最为美好的一段昔日时光。

已经去世的章夫舅舅也曾拥有许多那样的快乐时光。想到这里，便感到欣慰。

在外面吃了很多，回来还会接着吃晚饭。他们一边喝啤酒和果汁，一边分享着大袋里的各种油炸食品，悠闲地在海边散步，待太阳落山后一起回家。

外公和章夫舅舅去世后，炸鸡店停业前，爸爸偶尔会带着妈妈和我一起去那里，重复同样的事。

“能和这么好的人成为一家人，共同度过人生的一段时光，真的是太幸福了。散步是对他们的感谢。重复同样的事，能把自己对章夫的思念传递给他。”

爸爸总是这么说。

每当这种时候，我都会感到安心，非常理解爸爸的心情。

看着大海，悠闲地吃着炸鸡，喝着啤酒，茫然地想一些事，不知不觉间天就黑了。

天暗下来之后，空气变冷，大家便不约而同地起身。

大自然决定大家的下一个动作。我喜欢这样。

重复同样的动作，便感觉能和外公、章夫舅舅融为一体。我觉得这才是人类不断重复的历史。

以前，为了确信这件重要的事，一家人经常出去散步。但是，现在那条商业街也已经荒废，炸鸡店也停业了。

“你外公在世的时候，喜欢在那边的山丘上吃炸鸡。”

爸爸说道。

“对了，今天干脆做炸鸡吧，缅怀一下外公。”

我合上记着菜谱的笔记本。

我拼命地复习妈妈的炸鱼薯条菜谱。可若是做炸鸡的话，就不用费事了，顿时松了一口气。

即便按照菜谱做炸鱼薯条，也做不成妈妈的那种味道。而炸鸡的话，我倒能做得跟店里的差不多，而且桶装生啤下午就会送到。顺便还订购了一桶油。平淡无奇的生活中，为迎接新人的到来做准备，总是这样令人开心。

我的历史，我存在的意义，全都在这些小事上。

每次做这样的准备，历史就会反复，生成新的美丽地层。正因为出生时差点失去生命，曾被认为没有存在的价值，现在我才能真切地感受活着的意义。

“野村君今天晚上就来吗?”

爸爸说。我回答道:

“嗯,他是这么说的。”

“可能是因为后面在拆房子,到处都是尘土。尘埃和雾气混在一起,空气变得好差。”

爸爸说道。

“刚才我在后面看到了他……好像很为难呢。”

“是么?可还是跟以前一样开朗,什么都说呢。”

我说道。

“不,肯定是遇到了不少麻烦,才决定回老家的,我觉得。我们温柔地迎接他的到来吧。”

爸爸不动声色,细心地注意到这些细节。我就喜欢这样的爸爸。

我以前和外公聊过人和动物。

外公就像青春期的少女,愿意与一人携手一生。对于这样的外公,我心中有一种淡淡的爱慕和崇敬之情。

“哎，外公，外婆去世后，您不会再喜欢上别人吗？”

外公说道：

“喂，小千，你认为猫和狗会喜欢一个固定的对象吗？别的猫和狗。”

我想了一下，回答道：

“比如，同一家养的动物，住在一个屋檐下，一起生了孩子，一只死了，另外一只可能会感到孤独和伤心……不过，不知道它们会不会一直为同伴的死而感到伤心。但是，人就会一直伤心，就像外公这样。”

“你说的不对。我曾经和猫和狗说过话。举个例子，那猫和狗，如果遇到异性，就会毫不犹豫地造娃娃。所以，它们看起来似乎根本没有思想。但是，其实不是的。除了这种本能，它们也有感情，心里会一直想着自己特别喜欢的主人或者同伴，比人类还要忠实。”

“这样啊，我错了，我误会它们了。”

我说道。

在外公去世之后，直到我家的最后一只老猫老死之前，我家一直都养着猫或狗。

“和他们一样，我也一直在追求异性啊。

“如果遇到一个能让我忘掉一切的美女，我会毫不犹豫地跟她上床。

“而且还想着，如果能每天都遇到这样的好事就好了。我毕竟是男人嘛。

“但是，这种心情，和我在家里幸福地看着你外婆的背影时的心情是完全不同的。人的感觉有一种令人难以置信的宽度。虽然有些并不合乎道理，但在上神主宰的大自然法则面前，就能说得通。

“如果把自己当成一个细胞，那时的行动便在自然法则之中。

“统治者试图用道理束缚大家的行动，而傻瓜则试图无视道理放任自己的欲望。

“无论是哪种，都是试图将自己的欲望变成法则，这种做法在我看来是傲慢的。

“在这一点上，动物也是一样的。无论到什么时候，心里都会装着自己最喜欢的那个人，梦见她，想起她。自己心中的那个人的面影，是那个人，在某种意义上来说又不是那个人。那是自己的一部分，是自己最好的一部分。”

我确信，野村君深爱一个人，又失去了那个人，这些和他那大大咧咧的性格并不矛盾。

遭遇困境，对海外的生活感到疲倦。

所以，决定回故乡生活，这里有他和他最崇拜的那个人的回忆……于是我又想起他的大大咧咧总是让他变得率直。

学校没意思，干脆不上学了。家人不在身边，因此指望不上。最崇拜大平家的外公，所以不离其左右。他的想法就是这样简单率直，而且他会想办法将自己的想法付诸行动。

我想了这些。

若是平常的日子，爸爸此时已打开了窗，窗外吹来凉凉的风。但是今天爸爸只把窗子开了一个很小的缝。的确有一种令人不快的、潮湿发霉的味道，这是平常没有的。拆掉那么老的一幢房子，原本尘封的很多东西都会飘出来，这也是很正常的。再忍一忍就好了。我心想。

潮湿的雾气打湿了院子里的草坪。这样的早晨，晾晒的衣物也不好干。

我知道这个村子里的早晨就是这样的。

但我仍旧喜欢这样。喜欢这种阴沉沉的早晨，淡淡的雾气弥漫，有一种神秘的氛围。

下山去海边，就能接触到像南国一般的阳光。海拔的高度影响着气候和人们的性格。

我知道，待到中午太阳出来，这种阴湿的心情便会一扫而光。阳光普照的山景让人变得心胸开阔，还能看到远方的大海，就像闪烁的地毯延伸到无尽的远方。天空中还会出现彩虹。

“有雾的时候，红茶也变得好喝。就像电影里的英国。我沏杯茶啊。”

说完，我想去打点泉水，走出家门的时候，又一下子撞到石头。

这石头来自旁边的院子。我想。

刚才我去跟野村君打招呼的时候，看到被推倒的楼下有很多褐色的圆石，和这个石头是一样的。

那么，是谁把石头放到这里的呢？难道是野村君？

我非常清楚，即便自己觉得不可能，但心中仍会留下一个阴影。

那么，为什么这么做呢？

我把入口的监控摄像头转向玄关瓷砖的方向。弄清楚了，就不再害怕了。

“好怀念啊。想哭。这味道太令人怀念了。”

野村君坐在我家旅馆中兼设的酒馆柜台前，吃着我为他做的炸鸡，真的一副要哭出来的样子。

我原本打算好好观察一下野村君，听到这里就突然忍不住了。他不是那种会说谎的人。那么到底是谁把那些石头放进我家院子里的呢？百思不得其解。

“的确是那个味道。”

爸爸说道。

“明天早晨给你妈也带点过去吧。”

与当年相比，爸爸也多了许多白发，完全变成一个老公公了。

“明天早晨我再炸一些送过去就好了。这些你们全吃掉。健力士还要一杯吗？”

好久没来客人了，所以也很久没在非周末时间开放这个小酒馆了。日本人喜欢比尔森啤酒，但我觉得在这个夜晚凉爽、空气湿润的村子里，司陶特啤酒或爱尔啤酒的口感会更好。因为到了晚上，这里闻不到海腥味，就像高原的村落一样凉爽。

“什么时候住到后边去？”

爸爸问野村君。

“现在还在拆旧房子，等平整好，请人建一个自己一直想要的网格球顶建筑，然后就住进去。”

野村君说道。

“巴克敏斯特·富勒的网格球顶建筑？那样的话，地板面积能得到最有效的利用。挺有意思的。等开建的时候，让我去给你帮忙吧。”

爸爸说道。

“当然。请随时光临。倒不至于一点不浪费，但现在院子的面积肯定是不够的，所以下周我准备把院子里的一些树移出去，或者砍掉，请人修整一下。等计算好准确的地板面积和地基的预算，就开始第一阶段的施工。本地的熟人和那边认识的朋友帮忙，价格便宜，但可能会费些时间。以后一段日子，可能会多有叨扰。请多关照。”

野村君说道。

“有年轻人来，我很高兴啊。”

爸爸说道。

“叔叔，这边有什么关于兔子的传闻吗？”

野村君问道。我心里咯噔一下子，吃了一惊。

爸爸皱起眉头，想了起来。

他有个习惯，就是想什么事情的时候会沉默一会儿。

“这杯是白送的，欢迎你回来。”

我把一杯250毫升的健力士递给野村君。

“不管是外面的那种夜色，还是别的什么，待在这里，真的感觉像是英国的乡村呢。”

野村君说道：

“小干，你没去过英国吗?”

“惭愧，没去过。”

我说道。

“你这开英式家庭旅馆的，应该去一次啊。去过之后，你会更喜欢这里。”

野村君笑道。

“你这个建议与众不同呢。”

我说道。这个瞬间，心似乎被某种东西打动。

野村君并不知道我此时的心境，继续说道：

“仿佛夜色中有什么东西走来，仿佛地面中有什么东西要生出来，夜晚像是有生命一般。这种感觉真的令人怀念。以前在这个村子里住的时候，总感觉这里的夜是神圣的，害怕夜晚。离开这里之后，便完全忘记了这种感觉。”

野村君的父母因为工作关系，常年住在美国。其间，野村君和奶奶两人相依为命，有时也住在他现在住的那个亲戚家。

每次跟着外公、章夫舅舅和爸爸去吃炸鸡的时候，他的背影都显得非常兴奋，想来当时他是孤独的。

“对了……”

爸爸说道。

“以前你外公说要将这里改造成小英国，让我们到铃木家农场边造一处巨石阵。于是我和章夫花了一个月的时间去做。”

“啊，那里啊。我小时候可喜欢那里了。我还记得你和舅舅造巨石阵时的事。我和妈妈每天去给你们送便当。有的季节从山顶上也能隐隐约约地看到一点。”

我说道。爸爸继续说道：

“只要铃木家的农场还在，那里就能保留。我们甚至还做了和英国那边一样的指示牌，带游客去那边参观。所以，小干，真的建议你去英国看一看真正的巨石阵。”

“真正的巨石阵也是这么随随便便造成的么？”

野村君说道。

“人类的行为，大多都是这样随随便便的。”

爸爸笑道。我已经很久没有看到爸爸这样笑了。他一定是太久没有男性朋友了。

懒得出门的爸爸平常接触的人只有来周末酒馆喝酒的那些大叔，虽然表面上倒也高兴，但由于爸爸平常想的都是石头和植物，因此和他们不可能谈得来。

“我每年去定期检查一次，看地基有没有歪斜，石头有没有破损，安全性有没有问题。野村君你也很久不去那边了，外公也去世了，章夫也不在了……忘了在几年前了，有人在石头后面挂了一张小小的捕猎网，我跟农场主打了招呼，拿掉了。但是，他说那个网不是他放的，而且也没有兔子来破坏农田，所以感觉好奇怪。”

“网？”

野村君说道。

“那种小网只能捕到猫或兔子。所以我猜可能有人在捕兔子。关于兔子的事，我能想到的也就只有这件。”

“我知道了。是不是那些被人捉住的兔子不甘心，所以才变成恶灵诅咒人呢？”

野村君说者无心，可我听了却感到毛骨悚然，不想再知道更多。

“我去外面呼吸一下新鲜空气。”

我这样说完，打开酒馆的那扇和玄关的门款式相同、据说具有英式风情的门。

空气清新，冷冷的，无数的繁星镶满夜空。

不知从哪里飘来一股干木的香味。夜晚的空气中含着各种美妙的香味。这些香味不是人类生活的味道，而是大自然散发出的丰腴的余香。

尽情地呼吸这样的空气，肺里就像被清洗过一样舒畅，感觉就像饮下星星的碎片一般清爽。

除了出去旅行，这是妈妈第一次不在家里。

总有一天，我会变成孤身一人，孤零零地仰望星空。想到这里，视野中的星星变得模糊起来。

可是，如果那时野村君住在后边就好了。想到这里，一下子变得软弱起来。如果那时我还没有孩子，野村君有很多孩子的话，我要当一个和蔼的老婆婆，帮他照顾小孩，也可以开车送他们到山下的小镇上学。所以，你一定要在这个村子里住下去啊。

“听你这么说，简直就像在做梦一样。真想不到，我们后面那栋房子就这样没有了？突然感觉我们家周围的空气在流动，要不要找相关方面的专业人士给看看？”

妈妈一边嚼着炸鸡，一边说道。

拿着炸鸡给妈妈送到医院，发现妈妈的身体一天天变好，昨天晚上的担心也被那里的阳光一扫而光。

“相关方面的专业人士？是干什么的？”

“说是白魔女的铺子。”

妈妈若无其事地说道。

“好啊。我也怕事情变麻烦。”

我说道。

“对了，是谁啊？你说的那个熟人。”

“你外公的葬礼时那个人也来过啊。你外公年轻的时候曾经在英国格拉斯顿伯里的一家家庭旅馆打工。那人就是和咱家有合作关系的那个旅馆上代老板的儿媳妇。是日本人。”

“啊？来参加外公葬礼的那对中年夫妇么？那位太太是魔女？”

当时外公刚刚去世，昏天暗地的，也没能好好招待他们。蓝眼睛的丈夫穿着一件颜色漂亮的薄毛衣，留着一头长长的黑发的妻子穿着一件针织衫，像妖精一样不可思议。他们在我家住了一晚，说从来没去过京都，要去那边看一下，便离开了。每当我与他们四目相对，他们都会对我微笑。

我还记得他们走在院子里的时候，与这里风景特别协调，感觉这里就是英国。他们还为我们煮豆子和番茄，说是英国的早餐，吃了妈妈做的炸鱼薯条，还赞赏妈妈做得好，像地道的英国菜。两人性格非常随和，一点都不像施魔法的人。

“听说是太太学了很多魔法和药草方面的知识。”

妈妈淡淡地说道。

“喂，我们家为什么会认识那么多奇怪的人呢？”

我说道。

“你外公在英国新时代运动（New Age Movement）的圣地待过很长时间，而且他本人也拥有一种神奇的招徕法术。在他的后半辈子，才和家人一起在山上安静地度过。另外，应该还有磁场的关系吧？那个神圣的山丘飘散下来的神圣气氛笼罩着这个村，对吧？”

妈妈说道，一边嚼着嘴里的炸鸡。看起来很精神，我甚至感觉她根本没有骨折。

“关于那座山上埋葬着谁，有很多说法。不管是哪种，肯定都是个了不起的大人物。所以我们都怀着崇敬之情生活在那个村子里。感觉那里的好事、坏事和怪事都在变多。待在这里，再想那个村子，就感觉很奇妙，像梦一样，就会怀疑：那种村子真的存在么？那一定是个奇妙的地方。”

看到妈妈淡淡地下了结论，神情那样自然，不禁对她的这种心态感到佩服不已。

妈妈就像这样，关注并接纳眼前的一切，她的人生看似平凡却又不凡。妈妈笑着继续说道：

“……对了。吃炸鸡没有啤酒，魅力减半了。可是，你做的很不错。和那家店的味道一样，令人怀念。没在面糊里放太久吧？外面挂的面糊很薄。”

“您看出来啦？”

我高兴地说道。

“嗯，几乎是一个味道。好怀念啊。那时你外公和章夫舅舅都还在。”

妈妈说道。

“我还记得我们一起去炸鸡店，吵吵闹闹的，大家都变得跟男人似的，好有趣。”

“现在野村来了，爸爸好像很高兴。就像章夫舅舅在的时候那样。”

我说道。

“喂，你觉得野村君真的还想着好好工作的话，会回这个村子来么？”

妈妈平静地说道：

“不会。那种地方根本赚不了钱嘛。”

听了妈妈的话，我吃了一惊。自己心里也是这么觉得，所以担心野村君不会在这里待太久，感觉可能指望不上。越是开心，就越伤感。

“那是为什么呢？”

我说道。

“我觉得他就是想回这个村子里来住，不管工作怎样了。即便他现在是真的遇到了什么困境来到这里，也是他自己想要回到这个原点。即便据点还在国外，我想他还是要住在这个村子里的。不是那种为了给故乡做点贡献才来这里买块土地建别墅的。”

妈妈说道。

“那就比农村地区荒废化进了一步呢。”

我笑道。妈妈说道：

“以前外公在这里建家庭旅馆的时候，村子里新挖了一条河。当然我们都不希望弄得太华丽，只想让旅馆中看到的景色更静谧和祥和。可如果什么都不做，完全没有水流，这个村子也就荒废了。现在或许也像那时一样，是一个新的开始，变得热闹一些，也许是件好事。”

“我的心可能是沉寂了太久了。”

我说道。不知不觉间，发现自己每日一成不变的生活将会出现新的变化，不禁感到吃惊。所谓的希望、新的行动和自己从未见过的未来的那些气息，在周围弥漫开来。

“外公和章夫舅舅先后去世，感觉浑浑噩噩的，一晃时间就过去了。”

“或许这才是后面那家人的诅咒。”

妈妈说道。

“或许是后面那家人的邪气趁着我们失去最重要的亲人，吸走了我们的活力。”

“没有新的开始，可能就不会发现。”

我微笑道。

“人生中有各种阶段。所以，我干脆就把自己这次的腿伤看作新的人生阶段开始之前的消灾吧。”

妈妈说道。

我想让妈妈快点好起来，没有跟她说起兔子的事。

回到家里，发现玄关旁边野村君住的那个房间里没有动静。

我猜他或许跟爸爸在一起，便去了爸爸的工作室。

然后，我看到一幅美好的光景。

爸爸一边微笑一边喝着咖啡，跟野村君聊天。野村君替伤到肋骨的爸爸做他做不了的活。把杂乱的柜子上的东西拿下来，用抹布擦干净，对散落在地上的书进行分类整理。

看到这样的光景，不由得想起章夫舅舅。

爸爸绝不是那种会勉强作出笑容讨好别人的人。若是他不喜欢的人，肯定不会让那人进他的工作室。

所以，他在微笑，说明他真的喜欢现在的状态。爸爸的眸子里充满了单纯的喜悦，他还想多了解，想多和这个人说说话。

两个人之间有一种孩子般的氛围和劲头儿，是男人之间的友谊，没有任何隔阂，似乎要一起骑着自行车驶向远方，直接迷失在陌生的城市。

我觉得自己这种时候不应该打断他们，便悄悄地退了回去。

我觉得野村君就像是一个突然来到这里的天使。

他来到这里，把那幢让我们心烦的房子拆掉，住在我家旁边，让我的家人感到幸福。也为我家已经陷入停滞状态的家庭旅馆带来了一些活力。

新的事件让我知道了自己生活的混乱。

之前我都不知道自己原来这样懒得动，也不知道自己的生活已经停滞了这么久。我一直误以为自己每天都在活动腿脚，所以没有问题，然而却不知道，后背在不知不觉间已经变得僵硬。

“没有必要慌乱。随波逐流就好。不要做越线之事。”

脑海中响起外公的声音。

“每当这种时候，就要思考，扪心自问。好好看一下风景，将视线投向远方，做一个深呼吸。然后，如果心里没有结，就相信自己。如果心里有结，就想一下自己是否即便这样也能前进。这种事，无论何时都有挽回的余地。”

我感觉外公跟我说了这些话，不是用语言。

外公，始终是我心中的那个外公。他说的这些我能接受。感觉这些话就像是外公和我合作讲出来的，因此我决定接受。我不知道真相如何，又不能问外公，但我知道只要他的面影是向前的，脸上没有孤独的神情，对于我来说就是好事。

不过，我不是外公，实际上也不知道外公是怎么想的。

想到这些，就会明白，这个世界上其实只有自己。

死的时候，一切都随之消失。

但是，在认识我的人之间，我还会继续存在。我的脸，常存在那些人记忆的碎片中。就那样就好。

想到所有的这些都互相反射，或者像变形虫一样分分离离，伸伸缩缩，不可思议地同时存在，就觉得野村君在我家这事没有什么特别了。

坏了，坏了。脑子差点就被思考占据了。

“谢谢您，外公。”

我冲着天空小声说道。

以前的人们也是像这样向更老的祖先学习很多经验，确认自己的想法，一步步前行吧。我想。

第二天早晨打扫卫生的时候，又被新放的石头绊了一跤。

没错，就是现在，我想。于是我将监控摄像头转向管理室。

所有人都说，像这种乡村有必要做这种安全措施么?但是外公还是特意从东京邮购了监控摄像头，坚持装上了。他说:“偶尔有英国的富豪会出于兴趣来这里穷游，住在这里。而且看这里的录像，就会发现很多经营中的重要细节。另外，开着摄像头，有一种监控别人的感觉，很酷的。”

结果，外公只在刚装上摄像头的时候会经常看回放录像，后来过了新鲜劲儿，连电源都不开了。但是，像这种时候，就的确能派上用场。

录像回放时，发现了一个自己无论如何也想不到的人物。

那个人是村里一个难缠的阿姨，我经常在心里将其称为“圆木婶”。

因为她留着娃娃头，戴着眼镜，有些像电影《双峰》（*Twin Peaks*）里面的圆木婶[1]，便给她取了这个诨名。无论在路上遇到谁，她都会嘟嘟囔囔地小声找茬（比如，不要从我家门前过，车轮的泥溅到我了，说话太吵了之类的）。跟那个圆木婶很像。

但是，这个圆木婶虽然爱找茬，也并非只针对我家。她家住在山丘下，只在自家周围溜达。从没见她到这边来过，也没看到她进行有特定目的的行动。

然而，监控摄像头的录像中拍到的那个人的确是圆木婶。

她嘟嘟囔囔地小声说着什么，沿着昏暗的道路从远处走来，双手拱成圆圆的形状，手中拿着石头，站在我们门前，

1　系列电影《双峰》中的角色名，The Log Lady，国内尚无通用译名，日语翻译成丸太おばちゃん，此处照顾日文语境，结合日文译为圆木婶。

然后又嘟嘟囔囔地说了什么，轻轻地将石头放在地上，转身离去。

“为什么？怎么是她呀？”

我不由得出声说道。

然后对自己曾有点怀疑野村君感到羞愧。

“什么为什么啊？”

野村君这样说着走了进来，吓了我一跳。

他总是在时间刚巧的时刻出现。或许是从小修炼的结果。我想。

“那是什么啊？难道你在用那东西监视我伟大的行动么？欣赏我可爱的睡姿？单身饥渴的女人，好恶心啊。”

“我家才不是这种旅馆，才不会干这种勾当。房间里又没有摄像头。”

我说完，跟他说了石头的事，让他看了录像。

“哇，这个阿姨，我以前在这里的时候她也在……当年的阿姨已经完全变成老婆婆了，好令人伤感。人生真是苦短。感觉自己就像浦岛太郎，从龙宫走了一遭回来，就已经过去了很多年。”

听到野村君竟然开始满不在乎地讲起与这事完全不相干的感想，我也吃了一惊。

阿姨的确已经变老婆婆。还和以前一样，穿着一件破旧的黑褐色上衣，一年到头穿着一件茶黄色的裙子，高过脚踝的白色长袜，脏兮兮的运动鞋。

嘟嘟囔囔地发着牢骚慢慢变老的这个人，已经成为我生活中的一道风景。和那边的牛和羊一样，是与我无关的风景。人也会变成一种风景，也是不可思议的。

从绿色的背景中蹒跚走来的圆木婶，是这个村子的一部分。

我也许不会喜欢她，我们或许也不会理解对方，但总有一天她也会离去，这样的话，风景又会缺失一点。

很多东西进入我们的生活，进入我们的眼睛。

只要进入我们的眼睛，我们就能记住，储存在记忆中。记忆就像湖泊，慢慢地变得清澈。

“为什么故意从我买的那块土地搬石头过来呢?”

野村君说道。我回答道：

“我完全不明白。”

“去找她啊，直接问她。”

“我不想这么做。这一个村子里，抬头不见低头见的。”

我吃惊地说道。

“可是，问了，你或许能心情舒畅。”

野村君说道。我回答道：

“她能听懂我说话吗？”

“试试看呀。”

野村君说完，站起身来。

“我们顺便去爬一下山吧。好久没上去了。”

“那我拿个水壶。”

我慌忙跑向冰箱，将冰茶倒进水壶。

然后乘上野村君的轻型轿车。

开始行动后，心情变得舒爽。

沿着山路行驶了十分钟，到达山下。天晴的时候，满目都是新绿，令人心旷神怡。

“喂，小干，你什么时候见到我妻子了？”

野村君说道。

“你太太穿着一件横纹T恤衫，头发都快掉光了，眼睛就像柔弱的小鹿，而且大声将你称为‘野村先生’？”

我一点点地回忆着，说道。

野村君或许也想起了往事，眼看着眼睛就湿润了。

“对啊。你是什么时候见到她的？你说当时她已经没有了头发，那么说是她生病之后啊。”

他眼中含着泪水，说道。

“我是在梦中见到她的。”

“哇哦，好厉害啊，原来你还有这种法力。”

我说道：

“我是外公的外孙女啊，虽然没有血缘关系。”

我笑道：

“在某种意义上，以一种非常规的方式来到这么了不起的家里，绝对比亲孙子还要厉害。”

野村君也笑道：

“稍有不慎走上歧途，就会落下。我的人生就是这样的。”

我说道：

“一定保持警惕，小心前方的歧途。稍有不慎，就会马虎大意。但是，我一直都知道，那歧途充满了肮脏与泥泞，同时又充满诱惑，非常舒适，可以将一切归咎于他人。”

“是啊……所以你比别人成熟得早啊。”

野村君说道。

“反正跟小学生似的。”

我笑道。野村君问道：

“哎，我太太跟你说什么了？”

“打心眼儿里爱你哦。一直在感谢你跟她结婚。”

我说道。

“这样啊，太好了。可是怎么回事呢？明明很少到我梦里来。”

野村君沉默了。那是一种伤感而又美丽的沉默，仿佛每一个回忆都要争先恐后地脱口而出，反而堵在嗓子眼儿。

我也沉默不语。这种时候，蓝天和绿色代替对话填满心灵。

美丽的颜色和光线充满车内，仿佛行驶在天堂里的路上。

山丘出现在眼前。野村君将车停在山下的小小的停车场里。

就像爸爸和妈妈说的那样，没有确切的记录证明那个山上埋葬的人是谁。我上高中的时候也在图书馆查了很久。上了年纪的人也只知道，山丘那么大，下面埋葬的肯定是个大人物。据说曾经发现横穴，也曾出土土俑。但谁也没有亲眼见过，村里的资料馆中没有随葬品的原物，考古学者似乎并不太感兴趣，考古发掘的工作也没有一点进展。总之，现在这里只是一个普通的山丘。

据说外公刚刚回国的时候，发现这里很像埋着圣杯的英国查理斯山，所以才想到在这里开一家家庭旅馆。

然后，很快就变成了现在这样。当时外公还年轻，家里也在添丁，村里还有很多未开发的土地。

从下面看感觉山丘很高，但爬起来不到十分钟就能爬到山顶。沿着侧面的一条弯弯曲曲的小路往上爬，上面有一个小小的展望台。没有什么特别之处，但对于村子里的人来说却是一个登高望远的好地方。很多人会到这里来散步或者看夕阳。

风大的时候，人会被刮得东倒西歪，很难前行，但风和日丽的日子却正好可以锻炼一下身体。

“感觉这个地方总能听到美妙的音乐，真是个好地方。以前经常和外公来这里登山。看着这些地方和景色，在这里散步，腿脚也得到了锻炼。之前天天憋在家里不出门，连村里的地图都没见过，对景色什么的也不感兴趣。只关注自己的内心，不愿与别人交流。但是，当我把目光转向外部时，外部的人救了我。起初我从不看自然的景色，只盯着外公看，期待他教我，仍旧将自己封闭起来。但是，慢慢地就发生了变化。慢慢地，我早晨起来乐意穿鞋了。心情不好的时候，只要能呼吸到新鲜空气就觉得无所谓了。我发现家中院子里的花、下山看到的大海每天都不一样，不知不觉间便哭了出来，心情一下子变得舒畅。精神疲倦的时候，出去散散步，身体就会不由自主地睡着。”

野村君怀念地说道。

“你跟外公的关系比我还近。”

我微笑。野村君也笑了起来。

“吃醋啦？”

“没有。我觉得外公看着喜欢他的野村君变得越来越强大，应该挺高兴的。以前总听他夸你，说从来没见过像你这样正直的孩子。”

我说道。

“真不敢相信他已经去世了。原本以为他会像这里的山和大海一样永恒。这里生长的青草仍旧和以前一样，没有什么不同。然而，人却离开了。”

野村君说道。

一口气爬上去，我们两人都多少有些气喘，一边说话一边调整呼吸。

山上有一个小亭子，安静地伫立在草丛中。我们坐在亭子里的长凳上，一边喝茶，一边看着下面的大海。大海就像宝石箱一样闪闪发光，远处的海岬若隐若现。

我听到自己的心脏正怦怦地跳。

春天的阳光直射下来，灼得皮肤生疼，感觉会被晒伤。

下方有一个小小的牧场，那里的草还是嫩绿色的。三三两两的牛、马和羊悠然自得地吃着青草，宛若粘在绿色上的露珠。

远方的浓绿在阳光的照射下，像大海一样向远方延伸。所有的光通往山下的方向，全是美丽色彩的连续。

“能回到这里，好开心啊。长大真好。可以上班，然后多做一件自己想做的事，就能实现梦想。”

野村君说道。

“对啊。我以前也是那种比较少见的孩子，当时就想着早点毕业在家里帮忙。现在能把家里打理好，我就感到开心，很幸福。不用担心做不完作业，学习方面也不用管别的，只要学一下英语就好了。不过，当时的同学大都离开了这里。”

我说道。

“小干，真的很佩服你。你不怨恨自己被抛弃，坚强地生活。神肯定都将这些看在了眼里。这里依山傍水，山丘保佑着你。”

野村君感慨道。

这个人在美好的国外待了那么久，还是那么怪。我心想。

我对每天的生活很满意，但因为没有离开过日本，所以对国外的生活有一种强烈的向往。

“我一直待在这里，没有想过这些。可是，你回到这里，会用外部的眼睛观察这里，并告诉我你的感想，和我一起散步，这让我感到新鲜有趣，体会到这个村子的好，又多了一份快乐。或许是长大后第一次感到这么快乐。妈妈很快就会出院，你也回来了，每天都有新的变化，这里很可能因为你的到来而又有很多客人来住宿。而且，之前这一段时间一直很闲，多亏了你的到来，才让我发现自己其实是希望生活出现一些变化的。谢谢你。”

我说。野村君说道：

“哪里哪里。我突然回到这里，你们一点也不见生分，真是太好了。”

我们坐在山上的小亭子里，像海蒂和彼得一样说着悄悄话。

“我太太虽然直到去世也没有体会到长大的快乐，但我的生活中还是快乐较多的。”

野村君突然说道。

“我虽然不清楚具体情况。但我觉得你能待在她身边，对于她来说就已经是人生最大的快乐。”

我说道。

“我明明又没有那么好。这个傻瓜。”

野村君说道。

他的言语中饱含深情。这一点让我感到高兴。

我想大声把他的这些话告诉梦中见到的她。

有此一生真好，遇到他真好。野村君失去你之后，整个人变得很憔悴，所以他其实比你想得更爱你。

外公以前经常对我说，爬上这座山丘，能看清很多东西。

据说，站在一览无余的高处，就能看清自己的心。

而且他还说，经常感觉已经去世的外婆会来这附近，所以他经常来这里爬山。

据说外公是从东京把外婆带到这里来的，当年简直就像是私奔一样。那也是一个神奇的故事。据说外公有事要去东京见一个朋友，而那个朋友记错了约定的日子，所以外公没见着那个朋友，便漫无目的地四处闲逛，正好遇到等红灯的外婆，对她一见钟情，马上邀请她一起吃饭。那天晚上两人一起吃杂煮的时候，外公就向外婆求了婚。外公说，他和外婆很快便变得心有灵犀，相互理解。两人后来经常一起来这里爬山，仰望天空。

现在，我感觉自己似乎明白了外公和爸爸怀念故人时的心情。

爬山，吃炸鸡，做和当年一样的事，就想起当年，感觉这也是一种幸福。

“失去亲人后，也有失去后的另外一种幸福。你还没到那个阶段?”

我说道。

“什么? 你说我妻子吗……来到这里后，见到你和叔叔阿姨，感觉稍微懂了一些那种感觉。我原本以为大家可能更为沮丧，没有生气，就像节日过后一样凄凉，但没想到大家都仍旧很有活力，跟着自己的节奏生活。我也因此受到了很大鼓舞。”

野村君说道。我继续说道：

“记忆经过发酵，散发出美丽的味道，弥漫在空气中。痛苦阶段的那些痛苦已经消失，接下来的人生还是一张白纸。这种轻松面对生活的感觉，是从外公那里学来的。外婆去世后，我想外公肯定也受到了沉重的打击。但从记事的时候起，我就感觉外公的身上有一种神奇的魔力。大概可以说是晚年的乐趣吧。没有什么烦恼，而且感觉外婆始终在他身边。

“当时我无法理解那种感觉。外公和章夫舅舅去世之后，过了一段孤独的时期，现在感觉非常自由，感觉内心是充实的。不知道为什么，感觉一方面失去的越多，另一方面就变得越丰满。若非这样，从计算上便无法达到平衡。”

“计算？什么计算？人生的计算吗？”

野村君笑道。

“对。人生不可能只有悲伤啊。仔细观察一下便会发现，除了悲伤，应该还有另外一种东西为你准备着。”

我说道：

“我祈祷野村君能早日体会到这种感觉。”

“谢谢。”

野村君说道。声音很低，却又像一种坚不可摧的约定。

去圆木婶家附近看了一下，发现她果然还是像以前一样在自己家周围走来走去。

嘴里嘟嘟囔囔地念叨着什么，走来走去。那样子一点也不开心，所有人看到她都会黯然神伤。每个村子和社区都有这样的人。就像自己心中的某个部分外露出来，作为自己悲伤的一部分。

圆木婶住在儿子儿媳家的后面，绝非孤身一人，而且儿子儿媳也在照顾她。儿媳经常开车带她去远方的城市看病，还为她买些安神药。因此她的人生并不能说是不幸的，但是从很久以前她就总是一脸不开心。

我和野村君一边往山下走，一边说着圆木婶放石头的事。

我说，那石头虽然并不碍事，也不是大石头，但每天都放在那里，挺吓人的，能从中感受到一种恶意。

野村君说道：

“还是要弄清楚她的动机。”

我回答道：

“我不想马上把事情弄大。先观察一阵子吧。还有，我想知道她看到我之后是什么反应。”

但是，看到在牧场的栅栏前徘徊的圆木婶，野村突然问道：

“你往旅馆门口放石头，搞得我们很头疼。为什么要那么做？从这里到那边这么远。”

野村君的突然发问吓了我一跳，但也已经无法挽回。

我突然想起，野村君其实就是这样的人，同时开始佩服他太太的勇气，竟然敢和这样的人结婚……

圆木婶怯怯地看着我和野村君。无论怎么跟她打招呼，她都是报以这种怯生生的眼神，因此不知从何时起，自己也就不再跟她打招呼了。

仔细一看，发现的确如野村君所说，她早已从阿姨变成了老婆婆。虽然服装和发型还和以前一样，但嘴角周围早已布满了皱纹。我顿时开始悲悯她的人生。若非她往我家门口放石头，也许我们之间不会有任何联系。虽然住在同一个村子里，在同一片天空下生活，但她却一直只是我人生中的一个场景，这一点非常不可思议。也许这和我家后院的邪气一样，久而久之也就习惯了。

圆木婶嘟嘟囔囔地说着什么。野村君听不清，将耳朵贴过去。圆木婶嘟嘟囔囔地说着，转身离开了。

“不要追。”

我斩钉截铁地对野村君说道。

“也许她不会再来放石头了。”

“她的理由很奇怪。”

野村君回来后说道。

“她说了什么？”

“说每天晚上有人拜托她这么做。说做梦的时候，收了人家的钱，没办法只能做。嘴里不停地这么说。”

那个拜托她的人会是谁呢？我心想，可是不可能知道。我只知道那石头是从后院野村君买的那块土地上拿过来的。但是，野村君不在那里的时候，那边应该是没有人的。想到这里，我感到一阵毛骨悚然。

牧场中的牛和马偶尔看一下这边。那里没有肉食牛，马也不是特别壮实。基本上是一个供观光用的牧场。里面有小小的商店和冷清的餐馆。妈妈总是来这个牧场买牛奶，还有用山羊奶做的奶酪。

“我们买点山羊奶酪回去吧。”

我说道。虽然一切都还是个谜，但所有的一切似乎都和一件事有关。那就是我家后院的变化。

我有一种感觉，想摆脱现在这种不好的心情，想摆脱，不想被这种心情纠缠，却不管用。我想积蓄力量，而并非想要逃避。

那天黎明，我做了一个奇怪的梦。

原本已经被拆掉的那幢小楼孤零零地矗立在夜晚的雾气中。

我看了一眼，感到失望。原本以为那幢楼已经不在了，现在却发现它还立在那里。难道，小楼被拆掉这件事，才是我的梦？

黑色的旋涡升腾起来，不断地混进雾气中，流向村子。

黑色的旋涡毫无保留地覆盖了邮局的十字路口、牧场、青山以及有清水涌出的水井，然后就像被空气吸收了一样，一点点地消失。等它开始笼罩这个村子的时候，那浓浓的黑色已经完全消失了。

神圣伟人的遗物就像这样守护着这个村子。我清楚地知道，非神圣者因神圣者的存在而能呼吸。

场景发生改变，我现在在一个陌生的医院里。

这里不是妈妈住的那家医院，而是一家氛围稍微有些奇怪的医院。到处都是白色的，装修冰冷煞风景，只有地板很宽阔。

然而里面却空荡荡的，几乎看不到人影。

我脚踝上缠着绷带，独自在走廊里徘徊。

走廊里有很多人，样子都很奇怪。

有人在自言自语，有人用拳头砸墙，有人缓缓地摇晃脖子，也有人呆呆地站在那里……好奇怪啊。这是另外一个住院楼。我应该是住在外科的住院部的。我心想。

我走来走去，寻找护士。这时，一个肥胖的、赘肉下垂的大叔蹦跳着从对面走了过来。

他的那个样子让人看着很不舒服。我顿时感到毛骨悚然。

虽然他的脸上缠着绷带，脚上也缠着绷带，却跳得很高。

他蹦跳着，几乎够到天花板，微笑着朝这边冲过来。

我一下子惊醒，睁开眼睛，发现天刚蒙蒙亮。

我在昏暗中睁着眼睛，茫然地发了一会儿呆。

不由得往窗外看了一下。草木依然郁郁葱葱，而那幢楼已经不见了。我稍微松了一口气。

从床上起身，沏了一杯红茶。

我想喝点热茶。

在这个历史悠久的村子里，一百年前的这个时间段，一定也有人像我这样透过雾气朦胧的窗子遥望外面逐渐变亮的天空。黎明时的这个村子，似乎与太古时代的时间混杂在一起，有一种亘古不变的强烈气息。

我猜外公也在这雾气中看过英国的风景。

我想去格拉斯顿伯里，那里有一家我从未见过的家庭旅馆，和我家的旅馆有合作关系。这种想法本身就很少见。我感觉到变化已经开始。其中，最大的变化是后院那幢压在我心头的小楼被拆掉了。

然后，我的思绪又回到刚才。刚才的那个梦到底是什么意思呢？心情变得消沉。

一大早收到一个国际包裹，是格拉斯顿伯里的姊妹旅馆的老板夫妇寄来的，将我心里的阴郁一扫而光。

据说妈妈在医院里替我给他们写了信。

这让我不禁感叹人生的广度，感受到人与人之间虽然相隔遥远却强烈地联系在一起的缘分。

小包用粉色的纸和透明的纸包了两重，系着丝带。里面装着散发出诱人香味的香和蜡烛，绘着魔法师的室内芳香剂，给妈妈抹腿用的香膏，干燥的香草和精油，小小的妖精模型，漂亮的水井，希恩家自家院子里种的紫堇花的干花，美丽的包装袋里装着的美味茶，有机谷类等。就像做梦一样。

我看得陶醉，将这些东西放在桌子上，看着它们。

香草有欧芹、迷迭香、麝香草等等。啊，和《斯卡布罗集市》的歌词联系上了。我微笑着想。有流动的地方，就必然有偶然之光照射进来。

信封里有一封信。

“受淑子女士所托，将这些净化之物作为礼物送给你。期待大家随时来这边玩。”

信中的字体像少女一样。

妈妈说，那家家庭旅馆的一楼开着一家小店，专门卖白魔女纪念品和一些天然食品。那家旅馆位于格拉斯顿伯里最繁华的街区。我想象着将她寄来的这些美丽的物品装饰在窗子上的情形。

很长一段时间，我几乎已经忘记自家旅馆和那家旅馆之间的联系。甚至觉得外公去世了，双方也就不会再有来往了。

但是，当我打开包裹的时候，感觉就像解除了魔法，时间从里面流淌出来，新的地方、世界和心情也随之跃动起来。

据说那里有外公喜欢的查理斯山，有水井涌出不可思议的泉水，有一个庄严的教堂，里面有亚瑟王和桂妮维亚公主的朴素墓碑，还有一条商业街，卖的全是一些不可思议的商品。家里的相册中，有他人生的各个时期在那些地方拍的照片，脸上洋溢着微笑。

我下了决心：等妈妈出了院，我要和她一起去。

野村君在这里，真的太好了。这样的话，就可以毫无后顾之忧地将不爱出门的爸爸独自留在家里看家了。野村君会帮着照顾他。

解放的可能性突如其来，让我依然感到有些不知所措，但是我却感觉自己待在家里的所有时间都是为这件事做准备的。妈妈不在家，我收到国外寄来的小包，所以一定要由我来回信或者回寄谢礼……仅仅这样，便打开了一条路。

好的。近期我就要去一趟英国，在真正的英国寒雾中品尝用硬水沏的红茶。我这样想着，感到心里暖暖的。

待到这个想法实现，彼时我定会在那个城市里想起此时的自己，面露微笑。

这个小小的梦想驱走了因妈妈不在而感到的不安与孤独。

通往山丘的那条路附近有一条林荫道，我将其称为妖精路。

阳光透过郁郁葱葱的树叶洒落，在阴郁的树荫中闪烁，让人感觉会有妖精从树荫中跳出来。

每次从那里经过，就感觉很多东西都在跟自己对话。

爸爸受外公所托建造巨石阵的地方就在前面的一个小广场。那里是这一带最为富裕的农场主铃木先生经营的农场的一隅。

爸爸不爱说话，但感觉还有些敏锐。他知道哪个地方适合种植物，哪个地方适合放雕塑。

那个地方正是适合放石雕的地方。石雕放在那里，立即显得生机勃勃。

小小的栅栏里面人迹罕至，里面有一片小小的石柱群。

看到石柱群的氛围清爽明朗，我就松了一口气。

虽然只是一些齐腰高的圆柱形石头笨拙地排列在那里，但能感觉到爸爸是花过一番心思的。

整个石柱群的排列反映了爸爸出色的审美。只有东边有一块大石头是淡色的水晶石。样子很可爱，天气好的时候我经常坐在那里，背靠着那块石头吃便当。然后，作为谢礼，在那里放一束小小的野草野花。将自己来的途中摘的蒲公英和三叶草之类的，用丝带捆起来，献给水晶石。这样做，感觉就像是去神社拜了神，心情变得舒畅。

这天，野村君也跟了过来。

我和野村君一起吃了自己做的饭团、维也纳香肠和腌黄瓜。

野村君从背包里拿出咖啡套装，将带来的咖啡豆研磨成粉，然后用酒精炉和咖啡壶为我沏了咖啡。

“我不是藤冈弘，不能从烘焙阶段开始。但洛杉矶的咖啡真的很好喝，我在那里完全变成咖啡族了。”

野村君笑道。

热水咕嘟咕嘟沸腾的声音和大自然的声音融合在一起，非常动听。

在只有鸟声嘹亮的这个空间中，说话自然而然地变少。我非常理解爸爸的心情。要倾听自然的声音，人类的声音就显得太吵了。

“那之后她还来放石头吗？”

野村君小声说道。

“好像没事了。可能是因为上次跟她说了，起了作用。谢谢你哦。”

我说道。

“施工还没开始吗？”

野村君回答：

“后天。后天那边会平成新地。只留下一株大樱花树，剩下的枯树和枯草都拔掉了，只剩下地面。等基础施工完成后，我先回一趟山下，拜托朋友帮我做一下网格圆形建筑的元部件，下个月再和他一起过来。到时我还能住你家吗？”

“一点点地正在进行呢。”

我说道。

“等施工的时候，我去帮你给师傅们送些茶水和点心啊。他们是从山下特意过来的吧？”

“谢谢。当然，我也会每天过来看一下施工的情形。”

野村君说道。

时间在推移，事情也在进展。我放下心来。

我脱掉鞋，光脚搭在草丛上，沐浴着温暖的阳光。

那是一种透明的阳光，仿佛给人注入一种力量，让人变得坚强。

“小干，你不会有脚气吧？要用阳光进行治疗吗？”

野村君说道。

“不是啦。”

好好的心情一下子被破坏了，我生气了。

在外面吃饭，比平常更能品尝出食物里的咸味和其他味道。就像红茶，在雾中喝的时候比别的时候更美味。

如果总是这样吃饭，肯定能保证健康。我心想。

“为什么只有那块紫色的石头是透明的呢？”

野村君说道。

“好漂亮啊。”

“那是紫水晶。爸爸说这种圆形的石头可难找了。从北海道找到了山梨县。”

我说道。

“那可能是在山梨县找到了这块合适的石头吧。”

野村君说道。

“对啊。”

我用包便当的白布擦了一下紫水晶。

在风吹雨打和阳光暴晒下，紫水晶变得有些黯淡，但里面仍散发着野性之光。

“把脸贴在这块石头上被阳光晒得暖暖的地方，就会感觉很幸福。”

我说道。

“哦？”

野村君说道。

“外公去世的时候，还有舅舅去世的时候，我都来过这里，就像这样在这里坐很久。”

我能感觉到自己的泪水顺着石头流下去，变得温暖。

“像海蒂的生活一样。你真的是这村子里的孩子。”

野村君感叹道。我点了点头。

“别的地方的事，我都不知道。但是，像这个地方的这种小事，我却知道很多。”

“或许这就是真正的历史。”

野村君说道。

“不会载入史书的每个人的历史。”

“到了傍晚，夕照很强烈，人们的脸、家家户户的院墙以及羊群都会变成绯红色。我喜欢看这样的景色。”

我说道。仅仅把这些话说出来，就感到高兴。想着这样的风景，百看不厌。

“从下面的城市往上看，小山丘和大山也都是绯红色的。”

野村君说道。

“这附近的景色，堪比世界遗产。”

我说道。

“我太喜欢这里了。想一辈子都待在这里。”

我知道村子里的人怎么说我。

并不被人讨厌，或者说还挺招人喜欢。

但是，即便大家没有恶意，心里也都会这样想：

“那个孩子是被人抛弃的，是捡来的孩子，是个怪孩子，跟家人不像。

“虽然整天面带微笑，却总是跟个孩子似的，像个傻瓜。

“整天在村子里转来转去，总是目不转睛地盯着很多东西看。令人捉摸不透，感到可怕。总是大声跟人说话，轻浮毛躁，心静不下来，拿不准主意。总把自己的真实想法掩盖起来，不愿与人交心。她心里可能根本瞧不起我们。总是晃晃荡荡的，跟他那个受人尊敬也被人讨厌的怪外公虽然没有血缘关系，却是一模一样的。

“外公喜欢她，唯外公之命是从的父母也接纳她，明明是个捡来的孩子，却也能继承家业。挺顺利的啊。如果一直都能像现在这样当然好，可是人生没有这么简单。她不可能一直这样生活下去。总有一天她会栽跟头。”

人的脑海中总避免不了产生这样的念头。人就是这样，没有办法。

我也不打算一一去特意解释，消除这些误会。

虽然如花床午歇般的生活并不轻松，但既然选择了这样的生活方式，就不能在意周围人的看法。

理解的人自然理解，不理解的人随他去就好。这是人家想用一辈子去完成的事情，如果简简单单地就能被人理解，那反倒让人不知所措了。

但是，我并不觉得自然——从小蚯蚓到大海，从雾气到阳光，从草丛到大树等等这些东西是无趣的。

我看着大自然，大自然也同样看着我。

但是我只能感觉到它在对我说：谢谢你看我，谢谢你夸奖我，请明天也来看我……你洞悉所有的一切：我无论对谁都拥有一颗真心，珍惜心中那份平静的热情。

我于心无愧，因此这些东西也映入我观察自然的眼睛。

当自然看起来并不污浊时，我也便不污浊。

这一瞬间，我能给予自然力量。这种力量就像拍打着海岸的海浪，反反复复地反击在我身上。

这个村子里的自然变成我的力量，我的力量回报村子里的大地。

延伸到旁边的大山和山麓的大海，给它们带来影响。

我觉得，这种循环才是生命的体现。

“今天开始施工。可是头痛得厉害，做的梦也太吓人。”

第二天，起晚了的野村君对我说。我给他拿了些英式松饼。

“做了什么梦？”

我想等他吃完后为他沏一杯红茶，便一边烧水一边问道。

其实我也几乎一夜无眠，却没有告诉他。

昨天晚上感觉就像高原反应，喘不过气来，迷迷糊糊要睡着的时候就感觉憋气，于是马上醒过来。房间里的空气也十分沉闷，打着旋涡。我甚至感觉如果自己仔细盯着空气看，就能看到那旋涡。我不记得自己做了什么梦，但知道自己梦到了很多东西，都是一些支离破碎的噩梦。这些噩梦的碎片每次都把我惊醒。每次睁开眼睛，都会叹口气。

就这样，等天开始亮一些的时候，也终于松了一口气，终于沉睡过去。

野村君坐在我家小小的餐厅兼酒馆里。

餐厅柜台前面只有五个座位。早晨起来后，我擦了一下玻璃，打扫了一下厨房和餐桌。房间里非常干净，一尘不染，照进来的阳光透亮。难得今天早晨没有雾，可野村君的表情却阴沉沉的。

“我梦见自己的右脚被齐脚踝锯掉了，但不知道为什么没怎么出血。我想着得在血流出来之前把脚拿回来，身体却怎么也动不了。”

野村君说道。

“什么啊，好可怕。”

我说道。我右脚的脚踝也从早晨开始就抽筋，现在还疼。

“在一个陌生的房子里被捕猎网似的东西夹住，慌忙逃出来，却把自己的脚丢到里面了。

“你正好经过，我就让你去帮我把脚捡回来。于是，你一副万分不情愿的样子，走进那个漆黑的房子。

“我焦急地等着，希望你赶快把我的脚捡回来。过了一会儿，你就像拿一件非常肮脏的东西似的，一副嫌弃的样子，用毛巾捏着我的断脚，帮我将断脚接在脚踝上。”

“接了上吗？”

我问道。

“你的关注点好特别。”

野村君一脸惊讶。

“不，我只是好奇结果怎样。”

我说道。野村君点点头，继续说道。

“然后，腿上流出来的血就像胶水一样将我的断肢接了起来，在腿上形成一个红色的圈。然后，叔叔开出车来，说这就带我去山下的医院。这就是我的梦。很可怕。醒来后我赶紧看了一下自己的脚是否还在。”

野村君一边看着自己的脚踝一边说道。

“在梦里也不能对你温柔些，感觉很不好意思哦。我觉得你梦中的那个我，肯定只是害怕断掉的脚踝。吃点甜品压压惊吧。这个果酱，是妈妈用石柱群那边铃木农场的野草莓做的。”

我微笑道。

“这个很好吃啊。酸得恰到好处。会上瘾的。”

野村君终于发自内心地笑了起来。脸上的紧张表情也终于消失了。

只要吃下妈妈费时费心自制的果酱，即便没有那些净化污秽的东西，也能消除不必要的烦恼。

我常常觉得，这才是真正的魔法。

“好，有精神了。”

野村君说完，用力打开门，头也不回地大步走了出去。

我开始收拾盘子，准备一会儿去看看新房的施工现场。

我先关掉餐厅，稍微打扫了一下。出了汗，打算换件衣服，便回到自己的房间。

刚才忙着打扫卫生，没有发现天气已经发生了变化。早晨的时候还是晴天，不知什么时候，大片乌云从山那边飘了过来，覆盖了整个天空，下起雨来。

春天特有的小雨悄无声息地落下，淅淅沥沥地打湿了地面，轻轻地将整个村子包裹。

既然天气如此阴郁，就想着至少可以穿件清爽的衣服，便换上一件春装。

今天给妈妈拿点什么过去呢？用水壶盛一些热乌冬面如何？对，得告诉妈妈，英国寄来的包裹已经收到了。把信和东西全都拿过去，让妈妈看一下。——我一边这样想着，一边开始准备。

正在这时，打开的窗子下面传来嘈杂的人声。

原来施工已经开始了啊。这么说来，刚才大型机器的声音一直在响。咦？怎么突然停下了呢？这时，我突然感觉那嘈杂的声音有些不同寻常，赶紧走到朝向后院的窗边，打开窗子。

看到的场景令人难以置信。

樱花树下有一个大坑，人们围在那里。推土机停在大坑的边缘。司机已经下来，大家都看着大坑里面。野村君站在大坑边上，皱着眉头，一脸茫然。

“那是什么啊，好可怕。”

我说道。

由于太吃惊，视线变得模糊，没有看太清楚。不，我知道是自己不敢相信自己的眼睛。

与平常重叠在一起却与平常完全不同的非现实光景有一种不可思议的立体感，冲入我的视线。

那里有人的白骨。

白骨粘满被推土机翻出来的黑色湿土，散落在地上，几乎形成一个人形。周围还有六块小小的骨架，就像陶俑一样。看起来就像古迹发掘现场，但那并不是古迹。而是我住在这里期间新形成的东西。

那小小的骨头是人？难道是人类的婴孩？我起初这样想道，可脑海中突然闪现出另外一种想法。

“不是，那是兔子。”

我突然明白了所有的一切。

后院那个婆婆失踪的女儿，梦中的兔子，妈妈骨折，圆木婶的石头，野村君的梦……或许，那个女孩以前被砍断了脚踝，被她的亲生妈妈。

突然，没来由的泪水止不住地流了起来，抓住准备放进包里的除秽物，跑到野村君旁边。

“啊，小千，看到你我就放心多了。这里太吓人了。这样一来，工期可能会推迟。”

野村君戴着安全帽，平静地说道。听了他的话，我差点一屁股蹲在地上。

“要担心的事还有很多吧。”

我说道。

“人如果受到太大惊吓，反而会变得更冷静。”

野村君仍旧一副十分平静的样子。

不知道他之所以表现冷静是因为已经理解事态的真相，还是真的冷静。我只知道，在这种时候，外公陪伴在他的内心深处。一直以来都是外公让他变得强大。而且，我也知道他的妻子正在保佑着他。

警车开了过来，爸爸也听到喧闹，从工作室走出来。原本仅有的几个邻居也三三两两地走过来，气氛变得严肃起来。野村君依然一脸茫然。

“等警察调查完之后，你把这个撒一下。也许能分散一下注意力。”

我说道。慌乱中的我把那些从英国寄来的芳香喷雾剂和石头之类的除秽物一股脑儿塞给野村君。

“啊，心情低落的时候，正需要这个。谢谢。”

野村君平静地说完，就像喷除虫喷雾一样，在小雨中将芳香喷雾剂喷在自己身上。香味飘散在周围的空气里，和雨水一起落在地上。雨滴啪嗒啪嗒地落下，香味打着旋儿从地面上轻柔地飘起。

“哇，好香啊。”

野村君像小学生一样露出自然的微笑，说道。

于是，我也稍微平静了一些。

我知道，所有的一切都已成为过去，现在不过是往事被发现了而已。

从山下赶来的警察拉起绳子和幕布，说要问野村君一些情况，并说想问一下我和爸爸。然后，从远方的城市也陆陆续续地开来很多警车。陌生的声音充斥在周围，在我耳中打着旋涡。

看来将是一个漫长的下午。

骨头是白色的，骷髅的眼睛睁得大大的，好像在盯着我看。它的视线留在我的脑海中。

它一直在努力向人倾诉，希望被人发现。一定是这样的。我想。

我心中不安，傍晚便和爸爸一起去医院探望妈妈。

妈妈见平常总是分别过来看她的我们今天一起过来，有些吃惊，而当她听原委后便更吃惊了。

“是想告诉我们吧。”

“把人杀了，把兔子杀了，后院的婆婆到底想干什么来着？”

爸爸说道。

“她到底是想拥有权力，还是想拥有爱呢？”

爸爸的声音无力地在病房响起。

无论是现在还是以前，我们很多时候都满身疮痍，却从不曾那样想过。也许，是我们不想将自己的伤痛归咎于任何人。

“也许后院被杀的那个姑娘知道这里将要建新房，如果这次没有人发现，便可能永远陷入无底深渊。她不甘心，才试图抓住这个最后的机会，拼命地向我们传递信息。所以，在那个不可思议的村子里，接连发生了这么多不可思议的事情。”

妈妈说道。爸爸回答：

“姑娘？都是阿姨了吧。”

爸爸关注的问题的确没错。我没有见过那个人。那个人是什么时候被埋在那里的呢？在我一直拉着窗帘的那扇窗下。

“从未发生过凶杀案曾是我们村引以为豪的事，可是……”

妈妈说道。

“这种事是不常见的。多数时候都不会有这种事的。”

爸爸乐观地说道。

对对，这些人就是这样的人。我心想。

“喂，妈妈。”

我说道。

“等您病好了，我们一起去英国向希恩夫妇道谢吧。我想去看看。也想去爬一下那边的山。”

“好啊。得偶尔去吃一下正宗的英式炸鱼薯条，不然手艺会变差。爸爸要在家看家哦。”

妈妈说道。

“希望这次旅行能为我带来力量，赶快恢复。”

“我没问题啊。”

爸爸说道。

“爸爸，要不你帮一下野村君，建房子的时候给他搭把手。”

我说道。

“嗯，等开始建房子的时候，我就去瞧瞧。”

爸爸回答道。

他们究竟培育了多少平和的种子，才能进行这种温柔的对话？想到这里，我便惊奇不已。究竟多少次在诱惑面前无动于衷，不去做“越线之事”，才能养成这样的心性？人生仅是如此，便已很不容易。

想到这里，不由得感叹，原来奇迹竟然离自己这么近。

泪水流了下来，被妈妈笑了。

“去旅行吧，休息一下，换换心情。”

妈妈说道。

泪水扑簌簌地落下来。妈妈轻轻地拍着我的手，说：“怎么哭了？没事儿啦，大家都没事儿啦。”

“可是，人生真的是太苦了。在我们和外公快乐生活的时候，以及外公和舅舅去世后，我们虽然悲伤却也其乐融融的这些日子里，后院中竟然有人在虐杀兔子，割掉尸体的双脚，将它们埋起来。我们离得这么近，竟然一点忙也没帮得上，没有发生一点交集。真是太可怕了。”

我说道。

“能够选择自己所在的地点乃是人生之妙处。”

爸爸说道。

“像她外公在说话。好想他啊。刚才那话，莫非是被外公附身说的？”

妈妈笑道。

“不是啊，是我自己的想法。”

爸爸说道。

“有些人即便离得很近，也无法理解对方，或者就像根本不是一个时空中的人。这个世界就是如此。生活在丛林里的动物肯定也是如此。这才是最理所当然的事。那些自以为自己做成了什么事的人，才是自以为是呢。”

然后，爸爸和妈妈就开始聊一些日常琐事。我昨天没有睡好，有些累了，便躺在病房里的小沙发上睡着了。

不知道他们说了什么。他们说着说着，妈妈就说“这首歌是什么来着”，对着爸爸唱起歌来。我听着她的声音，感觉像回到了儿时。

小时候我经常像这样一边躺在客厅的沙发上打盹，一边听爸爸和妈妈聊天。没有什么特别的内容，都是一些日常琐事。很多重复的话语，就像海浪一样反反复复。然而，这才是真正的宝物。

我将毕生为拥有这种宝物的人、拥有这些宝物却不自知的人以及没有这些宝物的人祈祷。

“可是，像这种时候，小干能待在家里，真是太好了。”

妈妈说道。我迷迷糊糊地听到他们说起我的名字，突然醒了，但仍闭着眼睛装睡。

“以前的人应该都是生活在这种安心感当中的吧。可能我们活得太悠闲了，几乎没离开过这个村子。过得很舒适。虽然很多人与这个社会并不协调。”

爸爸说道。

“现在这个时代，大家都能到远方去。或者在外国结了婚，不再回来了。想到这些，我们也就不怕衰老了，甚至感觉自己就像植物和动物一样处于大自然的循环当中。小干来到我们家，真的太好了。”

妈妈说道。

“对。我们当时没有孩子，孤独寂寞的时候，这个孩子来到咱家，比亲生的孩子还可爱。真是太幸运了。”

爸爸说道。

“我们有没有跟小千说让她一定要怎么做呢？一次也没有吧？”

妈妈说道。爸爸摇了摇头。

“哎呀，咱们一直有心理准备，想着万一她要离开这个家，即便咱们不情愿，也要让她走。”

“她是不是为了报恩，在勉强自己啊？她这么能干，又这么孝顺。我把小千带到这个家里来，可不是想让她来报恩的。有时候想想会感觉心痛。希望她能做自己喜欢的事。”

妈妈说道。

“对了，为什么她没有男朋友呢？该不会以前没有跟任何人交往过吧？”

爸爸说道。

“没有啦，怎么会啊。她早些时候和几个人交往过。我记得她最后一任男友好像是东京人。”

妈妈说道。

“为什么分手？”

爸爸问道。

“不知道啊。不敢问。”

妈妈说道。

“可能她原本也是想去东京的，为了我们没去。”

爸爸严肃地说。妈妈说道：

“可能是这样呢。我会因此感到孤独，但绝不会反对的。”

“我也是。”

爸爸点了点头。妈妈又有些伤感地说道：

“可是，骨折后变得有些失落，担心自己可能撑不了多久。”

“我们要尽量爱惜身体，不要给她添麻烦。”

爸爸说道。

“等痊愈了，我和小干去趟格拉斯顿伯里啊。以前倒是经常去。不过她外公去世后，我怕自己一个人去会睹物思人，就懒得去了。太对不起小干了。她也应该出去走走，开阔一下视野。”

妈妈说道。

“还要带她去一下索尔兹伯里的炸鱼薯条店啊。那里很有名的，咱家的菜谱就是照着那家做的。”

爸爸说道。

“我会的。得赶紧把伤养好。”

妈妈点头。

两人认真地交谈着。

我不好意思，只好装睡，可是想对他们说不是他们想的那样。

我为自己能待在这里而感到高兴，不由自主地想做点事情。

我从来没羡慕过那些没有这种想法的孩子。我愿意留在这里。

我喜欢这个村子，甚至觉得圆木婶的不幸以及后院发生的一切都是我内心的另一面。

也许是因为刚才谈到的话题，迷迷糊糊地睡着后，我梦见年轻时的外公走在格拉斯顿伯里的高档商业街上。他穿着牛仔裤，扎染的T恤衫，脏兮兮的凉鞋，胸前佩戴着一个用皮带串起来的水晶饰品，一定是他在这里认识的女朋友送给他的。

雨后的蓝天上挂着一道淡淡的彩虹，商店的展示橱窗中映着绯红的夕阳。外公眯着眼睛，一副意气风发的样子，似乎对未来充满希望。

我想对他说：

美好的人生等待着你。你将会谈一场轰轰烈烈的恋爱，生两个孩子。儿子虽然并不那么长寿，但大家都喜欢他，他也将会度过很多快乐的时光，无论何时他都是家中重要的一员。还有，你的子孙、熟人、朋友和邻家的孩子野村君也都一直爱着你。

我想对年轻的他这样说。

就在这一瞬间，眼中燃烧着生命的火焰、年轻气盛的外公突然抬起头来。

外公脸上露出微笑。我虽然没有见过年轻时的他，但我知道那就是外公的模样，是那张令人怀念的笑脸。

在各种店铺鳞次栉比、五彩斑斓的那条街上，外公将手插进口袋里，停下来看着我。我怀着感恩的心情报以微笑。

心情如此舒畅，感觉无论如何道谢也不够。

很快，外公又走起来，在傍晚美丽的大街上，一步一个脚印。

好，我也要到那条路上走一走。就像男人们曾经去炸鸡店一样，我也要和外公一样，以同样的心情跟他走同样的路，在彩虹中的美丽黄昏，在那个地方目不转睛地仰望天空。

我这样想道。

后院的土地原本计划重新翻整，开启新生，而现在却被幕布和绳索层层围住了。

据说警察要在这里进行为期一个月的搜查，无法开始施工。

我从未想过窗外的风景会变成这样。

旧楼未拆时那种凝滞的空气笼罩在周围，邻居们献上的鲜花堆放在幕布前。

我心里有些难受，便去了爸爸造的那个石柱群。

那里竟然有人。是野村君。

他似乎在闭目冥想，又像是睡着了。

他的样子让我想起外公。

外公的碎片在他的内部茁壮成长。

“你好，野村君。”

我打了声招呼。野村君微微睁开眼睛。

他的眼神就像宇宙一样深邃，闪烁着强烈的光芒，似乎马上就要炸裂一般。我心中的抑郁一扫而光。

外公的眼神中也有这样的光芒。令人怀念。

我又想起来，外公盯着什么看的时候，周围的一切都仿佛受到祝福一般，变得清爽自然。

“有精神了？我们住得这么近，发生这种事却一点都不知道，感觉自己也有错。”

我说道。野村君平静地回答：

“哎，这种事总会有的。只要有历史。”

“啊？你就这么若无其事？”

我看到野村君的反应，非常吃惊。这时，野村君继续说道：

“对啊，确实是经常会发生的事啊。只要是有人住的地方，就会有很多事情发生。”

我说道：

“可是，很少会发生凶杀案吧？”

野村君回答道：

“把眼光放长远一些，你就会发现，哪个地方都会发生过一次的。”

“你不担心吗？”

我问道。

“不担心啊。我会好好祭奠他们，将房子打扫得干干净净，光明正大地住在里面，想必那个被害的女儿的冤魂也能升天。”

野村君平静地回答，好像他心里真的是这么想的。

“野村君，你真的不是一般人。”

我感叹道。

“听你这么一说，就连我也感觉好像没什么大不了的了。”

“只是那些兔子无辜受到连累，好可怜啊。一共有十一只兔子被杀了。”

野村君看着脚下的青草，小声说了一句。

他以前在学校里当兔子饲养员，喜欢动物是出了名的。我说道：

“为什么要杀兔子呢？”

“是啊，为什么呢。疯子的想法总是令人意外，超现实主义的。在她本人的心里，这些可能非常符合逻辑。咱们正常人却解释不了。”

野村君说道。

“等我住下了，就养条狗。养一条大黑狗。”

“嗯，好啊，肯定这块地也就有生气了。我帮你遛狗啊。你做的那个梦，是有意义的。据说那个老婆婆把女儿杀死后又砍断了她的右脚踝，为的就是让女儿即便是死了，灵魂也逃不走。”

我说着，心想自己之所以会脚抽筋，可能也是那家的女儿给的暗示。

“好可怜啊。而且，她当时为什么不到我家来求救呢？为什么我家过得如此平安幸福，一墙之隔的后院却会发生如此可怕的事？而且，我们却依然能够那么平静地生活，只是最小限度地受到了一丁点影响而已，真是难以置信。”

而且，也许这么说对死者不敬。知道了这件事后，我们的心情却好了许多。

就像堵在胸口的心事突然消失了，心情就像拨开云雾见到天日一般。

于是，我便明白了。即便有沉重的心事压在心头，人只要凝视自己内心的光，就能快乐地生活。

“大平家的人，也许拥有一点不同的精神，是后院那家人永远无法超越的。这也是我们最坚不可摧的防卫。不过，瑜伽老师来我家住的时候，我不会说这件事的。你也不能说哦。”

野村君说道。我笑了起来。

“他去周边散步的时候，肯定会有人跟他说啦。干脆让他到我家来住好了。”

“这样啊。那可坏了。”

野村君说道。

“不过，反正我想着，先在樱花树下放一个兔子形状的供养塔。刚才我已经去拜托叔叔，让他帮我做一个了。”

“哎，感觉真好。这个主意可真不错呢。”

我微笑道。

“以后我要在这里生活下去啊。这块地要弄干净才行。”

野村君的决心看起来很坚定。

后院发生了这种事，我还担心他说不在这里住了。万一这样，也没有办法。听到他这样说，我才松了一口气。

跟外公在一起的那段时光，对于野村君来说，或许是他人生中最难忘的一段时光。

他人生的一切或许都是从那时开始，对于他来说，那或许是一段无可替代的时光。

想到这里，连我都感觉有些自豪起来。

“阿姨怎么样了?”

野村君转换了话题。我说道:

“马上就进入康复阶段，下下周应该就可以出院了。”

“太好了。”

野村君说完，好像又突然想起来似的，接着说道:

“对了，对了，前几天我看到你的王子了，原来就是个热带鱼宅男啊。当时他为了赶上巴士拼命地跑，那样子真是难看极了。看起来没有一点运动细胞。如果你看到那样子，估计也会幻灭的。”

野村君说道。我回答道:

“哎哟，这是在吃醋? 跑步难看又怎样? 你不觉得那样子很可爱吗? 你这样居心叵测，我对你才真的幻灭了呢。”

“你不叫我的名字，直接说‘你’啊。我妻子一直到死都称呼我为‘野村先生’呢!”

野村君也生气地说道。

这种悠闲的对话穿过草丛，渗入土壤，肥沃了石柱群的历史。

在以后的人生中，还能来这里几次呢?

一定还会来很多次，但次数肯定是有限的。

而且，等我死了之后，这些石头肯定还在。或许这个地方也会像我家后院的人家一样重新翻盖，石头被装饰到别的地方，或者埋在附近，但即便如此，石头一定还会在。

渗透着我的泪水和幸福，永远留在这个世界上。这才是石头本来的力量。

我强烈地感觉到，它的作用绝不是让人们随便移动，用来绊倒别人引起别人的注意。

梦中，我坐在山下小城的堤坝上。

日暮时分，黑暗逐渐从东方将大山覆盖。

黑暗就像一张张薄纸慢慢地叠在一起，因此天色虽然变暗，我却浑然不觉。对面走来的人的脸越来越模糊，而船的轮廓则越来越明显。

我原本独自一人坐在那里，茫然地看着越来越暗的港口闪烁的柔弱灯光，以及远处的灯塔不停射过来的光。可是不知何时，野村君的太太出现在我的身边。

我们原本应该是坐在堤坝上的。可是，不愧是在梦里，不知何时，我们坐的地方变成了一个高地，从那个角度可以俯瞰整个海滨。虽然屁股依然可以感受到堤坝混凝土的冰凉，但视野却比刚才更加开阔，可以看得更远了。远方船上的点点灯光，在昏暗的波浪间变得更加闪亮。

请常来我的梦里玩。我在心中说道。

如此一来，你便能接触到野村君，继续跟他一起生活下去。即便已经死了，你还可以活在我的梦里。

野村君的太太任由海风吹着蓬松的短发，看着我微笑。

那种微笑是懂得爱的人发出的微笑，纯洁无瑕。

包含着一种无怨无悔之人特有的坚强与平静。

“瞧，海边有各种各样的人。”

野村君的夫人说道。

我看着大海。

那里有一个女孩，不停地在捡着裙带菜。

大概是初中生的年纪，一心一意地捡着裙带菜。就像钻了牛角尖，一味地只捡那些长着根的、大个的、干净的。

那个女孩个子高高的，瘦瘦的，皮肤黝黑，长得很漂亮。虽是素颜，发型也没有任何装饰，但长大后肯定是个美女。我想。

她在昏暗中将裙带菜放在一起，在上面铺上毛毯，轻轻地将睡在旁边被单上的婴儿放在上面。

这时，我也终于明白了。

“难道你在让我看这个？”

“你终于明白了？”

她笑了。

“那就是我的亲生母亲吗？还是个孩子啊？孩子生孩子，以后可怎么办啊？”

我很吃惊。原本我一直以为自己的亲生母亲可能是年龄更大一些的风尘女子、有些流氓习气或者是脑子有些不正常的女人。

“正因为她自己还是个孩子，所以才把孩子扔掉的吧。她好像没有父母，在海岬对面的港口小城的福利院长大。她擅自离开福利院，到东京和一个男人住在一起，生了孩子，然而那个男人却失踪了。她身无分文，因劳累过度导致胃溃疡，身体十分虚弱，自己养不起孩子，本想把孩子扔到福利院门口，可是看到那里孩子多，职工人手不够，就没那么做。这时她的脑子里突然闪现出一个想法，决定把孩子扔到这里了。或许这是神灵的启示。就像被什么东西附了身一样，心中怀着某种确信，来这里扔孩子了。

“在孩子被人捡走之前，她一直蹲在黑暗中，想着万一没人捡孩子，孩子哭了起来，就先带回去，趁夜放到福利院里去。既然这么爱惜孩子，那干吗还要扔啊？她现在住在藤泽，当然还活着。和另外一个人结了婚。这个人当然不是当时逃走的那个男人，即你的亲生父亲。到现在也没有孩子，已经上了年纪。

“生物学意义上给你遗传基因的爸爸，已经死了。他失踪之后，在琵琶湖附近的一家乡土菜馆打工，驾驶轻型卡车去采购的途中出了车祸。虽然是成不了大器的人，但为人倒是忠厚老实。”

野村君的太太指着远处雾蒙蒙的海岬。

海岬的黑影就像大山一样清晰地浮现出来，偶尔驶过的汽车车灯的灯光用线条描绘着它的形状。

啊，这就是人世间。我想。

咫尺前方就是漆黑一片。大家或者无法如自己所愿，或者只是随波逐流，或者得过且过，或者选择遗忘，又或者习惯了杀戮与玷污……令人难以置信的巨大旋涡，不仅存在于后院的那个人家。无论是谁，只要稍微走错一步，就有可能被卷入巨大的旋涡。这就是人世间。由于每天要见面的人都是自己选择的，因此人们平常并不会意识到在自己选择的这个熟识的圈子之外，究竟会有怎样的旋涡。

但是，只要迈出一步，在真正意义上往外走出一步，世界就完全不同。旋涡一直存在。

我再次确信自己就从那一步之外走进了这个村子。

周围已经一片漆黑，初中生模样的我妈妈消失了。婴儿也看不见了。只有涛声在黑暗中大声咆哮。

原来是一场梦。我在梦中也这样想道。即便如此，我仍然记得她那温柔的手势。轻轻地将婴儿抱起，放在用裙带菜做成的小床上，唯恐把婴儿弄醒。

从大道理上来说，抛弃婴儿自然说不上是温柔善良之举，但她的眼神中却包含着暖意。对于我来说，这就已经足够了。

这里也体现出人们做“越线之事”的可怕。

生了孩子，孩子就在眼前，已经一起生活了一个月，她却还无法从原来的生活中走出来。

她依旧想要像从前一样，做自己的工作，和男友一起慵懒地看电视，去喝酒。想回到从前。就在前不久，她还过着这种生活，那么快乐。觉得自己现在还没到生养孩子的年纪，想让这一切都没有发生过。即便回不去了，可还是会这样想。

大家都说“还太小”，慢慢地连自己也开始这样觉得，变得不再自信。

于是，便迈出了质的一步，做出了“越线之事”。

我是这么令人开心的一个小孩。如果把我留在身边，肯定就赚到了。我有点幸灾乐祸，但很快便打消了这种想法。

“就这样就好。你长得那么漂亮，性格看起来也挺好的，你只要过得幸福就好。我还一直担心自己的亲生母亲是后院那个已经化为一堆白骨的阿姨。最近发生的一些事情，让我隐隐约约地有这种担心。”

“不管你信也好，不信也好，我都可以明确地告诉你不是的。”

野村君的太太说道。

“如果你真的是她生的，后院的那个老婆婆会放过你？如果你是她女儿的孩子，肯定也早就被杀掉了，和那些兔子埋在一起，变成了一堆白骨。”

“听你说了这些，心情也并没有变好……结果她还是把我抛弃了啊。不管怎么样，到最后她还是没想把我抚养长大。但这种事我已经反复想过很多次，心都碎了。所以，无所谓了。反正只要不是后院那家的孩子就好了。虽然这样说对不起后院那家人，但这的确让我松了一口气。”

我说道。

“喂，你能见到后院那家可怕之人的灵魂吗？他们生活在这么美丽的村子里，而不敞开心扉，积极地面对这里的朝阳、夕阳、雾和大海，却将自己封闭起来。我完全不能理解，想知道他们究竟在想些什么，啊，对了，外公呢？你也能见到他吗？”

我满怀期待，问道。

“按照外公的形象，倒是也许偶尔会从上面下来，或许有一天能见到他。但是那些可怕的人在另一个世界，我可能去不了。”

她平淡地说道。

“即便是何时能见到你这件事，我也完全无法预知。”

“你一直黏着野村君吗？不累吗？”

我说道。

“如果能黏着他就好了。我所在的地方没有时间，一切都像是在梦中。可能偶尔通过做梦去见他。”

她说道。

“就像这样，在野村君的梦里，也有仅属于他的幸福。

“这样很好呢。大家都有仅属于自己的幸福，任何外人都无法参与其中。

“人真的很自由。而且一切果然都像是梦。我原本就是这样想的，但是如果说出来，肯定会被大家嘲笑。我果然是外公的嫡传弟子，不一般哦。我越来越不怕死了。”

我笑着说道。

“你真是与众不同呢。”

她一副吃惊的样子，说道。

“即便是现在这个时刻，大海也还是那样美丽啊。镇上的灯光那样亮，为何又像星星一样闪烁呢？还有，从这里向上看去，我们的村子看起来只是一座大山或山丘，那么昏暗，真难以想象自己平常生活在那个地方。”

“那里深藏于大山与丘陵之中，是一个秘密的守墓村呢。”

她说道。

“我们成了朋友呢。我在这里没有朋友，很孤单，几乎没有跟我年龄相近的女孩。你要再来找我玩哦。”

我说道。

她说：

“我比你还自由，可以随心所欲地去任何地方。因此，身体也肯定能一直在同一个地方待很久。”

我笑道：

“可是，我们都很年轻啊，年轻的男女，干柴烈火，万一野村君和我发生了什么，不，当然不会的。可这里也没有别的年轻男人，万一我们接吻了，你还总在这里盯着我们，到梦里来找我算账，那可就麻烦啦。”

正因为在梦中，我才变得如此坦率。听我这样说完，她笑道：

“一开始，也就是我刚死了不久的时候，我非常担心这种事发生。但是，慢慢地就不再担心了。然后，就像看植物、看星星、看大海或天空一样，开始感叹大自然的美妙，为生机勃勃的东西献上祝福。心中不再有嫉妒。就像看风景一样了，感情完全不会被左右。我完全不会在乎的，你们随便亲啊。

“刚开始的时候，我希望野村先生永远思念我，为我哭泣，看到他那样我就高兴，从中汲取营养。也就是说，别人的悲伤是我死去后的营养。死了还要汲取营养。人真的是太自私了。

“但是，慢慢地，这种感情就没有了。看到他笑，开始感觉到好。就像人们看到喇叭花开了，就会发自内心地喜悦，看到蜗牛在地上爬，就会不由得替它鼓劲。我看到他笑时的心情与这一样，而嫉妒之情和独占的欲望越来越淡。所以，从整体上来看，人也并不算坏。”

她笑道。于是我问：

“告诉我你的名字。”

“野村桃子。”

她说道。

“哦，桃子姐。而且，桃子姐的姓一辈子都是野村了呢。”

我说道。

“一辈子已经结束了。我很高兴一直拥有这个姓。”

桃子笑着说道。我握住桃子的手，说道：

“我要把你的名字从梦里带走，就像拿着宝贝一样小心翼翼。紧紧地抓住梦的尾巴。”

或许因为是在梦中，海风一直凉爽宜人，吹过那片海滩——我真正意义上的出生地。

桃子姐蓬松的头发随风飘扬的样子触到梦的边缘。

手心有混凝土粗糙的感触。

醒来的时候，刚开始我竟然不知道自己身在何处。

我的半个身子从床上掉下来，同时看到房间的床和天花板。

右手还握着裙带菜。

对了，我想起来了。昨晚怕自己做噩梦，睡觉时拿了一些裙带菜握在手中。

我将手中发得刚好的裙带菜贴在脸颊上，嗅到海岸的味道，放下心来。我在这里。我活了下来，现在在这里。

和裙带菜一起带回来的，还有她的名字。为了记住她的名字，我小声说了好几遍：新朋友，桃子，桃子。

我一边刷着牙一边走出大门，在淡淡的雾气中被地上的石头绊了一跤。

我以为又是圆木婶，仔细一看，发现石头旁边放着一个小小的花束。就像我放在石柱群那里的野花，扎着一条细丝带。

肯定是圆木婶在梦中得到启示。是后院中被杀的那位阿姨让她这样做的。圆木婶心中残存的善意和后院去世的那位阿姨的感谢交织在一起，变成了这个花束的形状。

那束淡色的野花，在自然中绽放，没有一点妩媚之姿，和那微微泛着黄褐色的圆石相得益彰。

我再次认识到，石头非常适合与鲜花放在一起。

这让我想起，自己将野花的花束放在石柱群的石头上时，心中涌起一种独特而又神圣的情感，感觉自己就像在与自然一起描绘一幅巨大的画。

那是一幅美好的光景，非常适合作为我人生第二章的开始。

今天也将是忙碌的一天。打扫了院子，清洗门口的瓷砖，擦一下彩色玻璃，为爸爸和野村君做完早饭，然后去买东西。等下午雾散去，太阳出来，周围就更有春天的样子了。今天肯定也能在路边看到各种颜色的花儿。后院的小草肯定也已经发芽，开始将那件令人悲伤的凶案覆盖。自然法则绝不待人。时间流逝，死亡与新生。无法加快速度。自然的时间是我们唯一的法则。

我一边刷牙，一边眺望那淡粉色的花束与石头形成的反差，就像注视着远方的自然与内心的自然。

当有什么巨大的变动时，好事和坏事都会同等同量地发生。

譬如搅动平静的池塘，里面的东西会溅出来，周围的空气也会随之流动。池底的淤泥会浮上来，而流动的空气中也会出现令人难以置信的美好事物。然后，池水恢复平静，变得像原来一样清澈。此时池塘和原来的状态虽然并不完全一样，但没有变好，也没有变坏，只是被搅动了一下而已。

我这样想着。世界与我盯着对方，互相称赞，眼神熠熠生辉，一如既往。

对，对，不只是我在看世界。世界也在看我。

那么，若问世界之眼在哪里，也并非在天上。那里并没有一双大眼睛。世界之眼存于我的心中。

我心中的另外一双眼睛，是世界汲取力量的一扇窗。世界在看我如何看世界。

我想，古人不知如何表达这个现象，便将其称为神灵。

所以我选择尽量美满地生活，歌颂生命，过好当下的每一天。在这个广阔世界的小小山村，度过渺小而又伟大的一生。

后　记

这本小说里的小干是我塑造的所有人物当中最可爱的一个人。

这个故事是我写的所有小说中最悲伤的一个故事。

这是一部最随性的作品。很多东西在无意识中写下，却能让人读后留下一种深刻的印象。

我希望这本小说成为一束永远照亮黑暗的光。

爸爸去世之后，我悲痛欲绝，去英国寻找写作素材时，也根本心不在焉，一无所获。和自己喜欢的、温柔的朋友或家人快乐地在一起时，爸爸将要去世时的情景也不停地浮现在脑海中。各种悔恨在脑海中盘旋，觉得自己当时应该再多去看望爸爸一次，或者觉得自己当时应该直接住在医院里。

英国对这样的我敞开了宽容的胸怀，给予了我无尽的关爱。

我也终于明白自己憧憬的七十年代的文化，其实不在美国，而在英国。

回来后，遭遇了许多更加痛苦和悲伤的事，于是愈发怀念英国。我想一直旅居于彼处，去那里逃避。

但是，我的世界在东京。想着通过写作忘记悲伤，便每天坚持写作。

由于几乎是在无意识当中写成的，因此我几乎不记得这本小说的内容。如同通灵，一切都不经由自己的意志。

立原正秋先生的女儿干女士曾经写过一篇令人悲伤的随笔，记录了她爸爸去世之后的日常。我每天都会想到那篇随笔，便将小说的主人公命名为小干。

我想，我成功完成了一部虽然短小却意义深刻的作品，这将使我终生难忘。

感谢永上敬先生。他非常耐心，从不给作者增加负担，做事果断，很帅。

还要感谢柳悠美女士。她拥有健康的心态，生了孩子之后，一直等着编辑这本书。

经由两位编辑之手，这部小说变得更加温柔。

感谢跟我一起去英国、画了封面的大野舞。

同时也向那次旅行的同伴以及事务所的工作人员表示感谢。

另外，我还要感谢让我写了这部小说的爸爸。

爸爸虽然没有这部小说里的外公那么帅，但对于我来说，他是世界上最好的爸爸。

平成二十五年七月　吉本芭娜娜